韓國의 漢詩 17

茶山 丁若鏞 詩選

한국의 한시 17

다산 정약용 시선

허경진 옮김

평민사

옮긴이 **허경진**은 연세대학교 국어국문학과를 졸업하고,
같은 대학원에서 문학박사 학위를 받았다. 목원대학교 국어교육과 교수와
열상고전연구회 회장을 거쳐, 연세대학교 국문과 교수를 역임했다.
《한국의 한시》총서 외 주요저서로는《조선위항문학사》,《허균 평전》,
《허균 시 연구》,《대전지역 누정문학연구》,《성호학파의 좌장 소남 윤동규》,
《한국 고전문학에 나타난 기독교의 편린들》등이 있고,
옮긴 책으로는《연암 박지원 소설집》,《매천야록》,《서유견문》,《삼국유사》,
《택리지》,《허난설헌 시집》,《주해 천자문》,《정일당 강지덕 시집》,
《허난설헌전집》등 다수가 있다.

韓國의 漢詩 17
茶山 丁若鏞 詩選

초　　　판　1쇄 발행일　1986년　4월 10일
초　　　판　8쇄 발행일　2007년　4월 30일
개정증보판　1쇄 발행일　2020년　5월 10일
개정증보판　3쇄 발행일　2025년 10월 24일

옮 긴 이　　허경진
만 든 이　　이정옥
만 든 곳　　평민사
　　　　　　서울시 은평구 수색로 340〈202호〉
　　　　　　전화 : 02) 375-8571
　　　　　　팩스 : 02) 375-8573
　　　　　　http://blog.naver.com/pyung1976
　　　　　　이메일　pyung1976@naver.com

등록번호　　25100-2015-000102호
ISBN　　　978-89-7115-567-7　04810
　　　　　　978-89-7115-476-2 （set）
정　　 가　　14,000원

・잘못 만들어진 책은 바꾸어 드립니다.
・이 책은 신저작권법에 의해 보호받는 저작물입니다.
　저자의 서면동의가 없이는 그 내용을 전체 또는 부분적으로 어떤 수단・방법으로나
　복제 및 전산 장치에 입력, 유포할 수 없습니다.

 머리말

　몇 년 전만 해도, 나는 다산(茶山)의 시에 큰 관심이 없었다. 그의 방대한 문집《여유당전서》를 다 들여다볼 여유도 없었거니와, 한두 편 내 눈에 뜨인 그의 시들이 너무도 거친 목소리였고 태도가 또한 경직된 것처럼 느껴졌기 때문이었다.
　게다가 나는 그때만 해도 시화(詩話)를 통해서 간접적으로 시인들에게 접근했으며 이해하고 있었기에 시화에 많이 나타나지 않았던 다산에게는 별로 관심이 없었다. 심지어 남용익의〈호곡시화〉라든가 임경의〈현호쇄담〉에 실린 2자평(二字評) 내지 8자평(八字評)에도 다산이 해당되지 않은 것을 보고는, 그에 대한 인식이 더욱 신통찮아졌다. 이 시화들이 다산이 태어나기 전에 지어졌다는 생각은 미처 못한 것이다.
　이러한 몇 가지 이유에서 우리나라 한문학에 대한 나의 관심은 한동안 18세기 이후로 내려오지를 못했고, 삼백여 편에 이르는《우리 옛시》를 엮으면서도 다산의 시는 두 편밖에 뽑지를 않았다. 그것도 한 편은 너무 길어서 중간을 발췌하여 실었으니, 지금 생각해도 부끄러운 일이다.
　내가 다산에 관심을 가지기 시작한 것은 2,3년 내의 일이다. 연민 선생의《한국한문학사》를 다시금 들여다보다가, 다산이 시를 쓰는 취지가,

| 나는 바로 조선 사람이니 | 我是朝鮮人、 |
| 조선시를 즐겨 지으리라 | 甘作朝鮮詩。 |

라는 한 구절에 있다고 평하신 것을 보고는, 예전에 얼핏 보아 넘겼던 이 시구가 새롭게 부딪혀왔다. 그 뒤로 김지용·송재소·김상홍 선생을 비롯한 여러분들의 논문을 읽으며 그의 모습을 바로 보려고 애서 왔다.

오늘 다산의 시선을 엮으면서도, 그의 전인적인 모습이 제대로 들어오는 것은 아니다. 방대한 《여유당전서》 가운데 한 부분인 시집만을, 그것도 건성건성 보아 넘기지 않았던가. 아직도 다산의 인상이 시인으로서보다는 실학자로서 더욱 깊이 내 머리에 남아 있기 때문일 게다.

그렇지만 우리나라 한시선을 엮으면서 한번은 딛고 넘어서야 할 산봉우리라고 생각되어, 1차 선집에 감히 넣어 내놓는다. 위의 세 분이 엮은 시선들도 참조하였지만, 선정과 번역에 대한 책임은 물론 나에게 있다. 수학기·사환기(仕宦期)·유배기·해배기(解配期)로 나눈 시대 구분은 송재소 선생의 《다산시선》에서 비롯된 것인데, 타당한 구분이라고 생각되어 그대로 빌어 썼다.

오래된 글벗 김영(金泳) 선생이 예전부터 다산에 대해 깊은 관심을 지니고 공부해 오던 터에 해설까지 써주어서 고맙다.

1986년 2월 22일
허경진

차례

• 머리말 _ 5

어진 아내도 바라지 않아라

- 수종사에 노닐며 _ 15
- 봄에 막내숙부를 모시고 배를 타고 한양으로 가면서 _ 16
- 운산으로 귀양가는 장인을 보내며 _ 17
- 장모 이숙부인의 죽음에 붙여 _ 18
- 담양에 이르러 도호부사 이인섭 어른을 모시고 술을 마시며 _ 19
- 동림사에서 책을 읽으며 _ 21
- 지리산 스님 노래를 지어 유일에게 보이다 _ 23
- 붉은 매화 _ 25
- 저녁에 광양에서 _ 26
- 두치진 장날 _ 27
- 촉석루에 올라 옛일을 생각하다 _ 29
- 칼춤 추는 미인에게 _ 30
- 지루한 객지 생활 _ 33
- 학질 쫓는 노래를 지어 이의원에게 보이다 _ 34
- 여름날 소내에서 지은 잡시 _ 35
- 겨울에 배를 타고 미음에 갔다가 병을 얻어 서울로 들어가며 _ 38
- 남의 것 본뜨기에만 정신없으니 _ 39
- 뱃사공의 탄식 _ 41
- 어진 아내도 바라지 않아라 _ 42

굶주린 백성들

- 국자감시의 방을 내걸던 날 기쁨을 쓰다 _ 45
- 어머님 무덤에 이르러서 _ 46
- 호적에 들지 않은 백성들 _ 47
- 손자병법을 읽고 _ 48
- 석치(石癡)의 용 그림에 붙여 _ 51
- 호박을 훔쳐왔다고 _ 52
- 가을이 되니 생각이 나네 _ 54
- 가을에 춘당대에서 임금을 뵙고 물러나와 짓다 _ 55
- 문아가 태어난 지 백일이 되는 날 기쁨을 쓰다 _ 56
- 가을날의 문암산장 _ 57
- 원진사 일곱 수를 지어 아내에게 주다 _ 58
- 정월 스무이렛날 문과에 급제하여 희정당에서 임금을 뵙고 물러나와 짓다 _ 60
- 전편의 심사가 끝나자마자 또 시를 지어 올릴 것을 명하셨는데 승지로 하여금 담배 한 대를 피우게 하고 그것으로 시한을 정하셨다. 시를 지어 올리자 어비에 "담배 한 대를 피우는 사이에 붓을 잡아 곧장 써냈으니 어찌 뛰어난 재주가 아닌가." 하고 점수를 세 갑절로 내리셨다 _ 61
- 정조 임금으로부터 칭찬을 듣고 _ 63
- 해미로 귀양보낸다는 교지를 받들고 도성문을 나서며 짓다 _ 64
- 귀양간 지 열흘 만에 특별히 사면의 교지를 받다 _ 65
- 등창으로 죽은 아들을 슬퍼하면서 _ 66
- 샘물의 마음 _ 68
- 책을 팔아먹고 시를 지어 정곡에게 보여드리다 _ 69
- 박학하신 성호 선생 _ 70
- 암행어사가 되어 적성촌을 돌아보고 _ 71

- 굶주린 백성들 _ 74
- 가난코 보니 _ 81
- 시름겨워도 _ 82
- 술 취해 부르는 노래 _ 83
- 그림에다 _ 85
- 어린 아들 _ 86
- 돈 있어도 안 되는 일이 있네 _ 87
- 고관집 아들 _ 88
- 양식 걱정 _ 89
- 지방으로 내보내 금정도 찰방에 보임한다는 임금의 엄중한 분부를 받고 해질 무렵 동작나루를 건너며 짓다 _ 90
- 평택에서 _ 92
- 내 신세를 비웃으며 _ 93
- 바보처럼 살아야겠네 _ 94
- 이주신 집에 동인들이 모여서 _ 95
- 가을 바람은 벽오동 가지에 불어오고 _ 96
- 국화가 활짝 피었다고 벗들이 찾아왔는데 _ 98
- 어찌 통쾌한 일 아니겠는가 _ 99
- 금을 캔다고 사람만 버렸네 _ 101
- 천용자 노래 _ 103
- 꿩 잡는 매 _ 108
- 갈현동에 들어서며 _ 109
- 살림 차린 옛종의 집을 찾아와서 _ 110
- 국화가 피었기에 혜보·무구와 함께 죽란사에서 모임을 갖다 _ 112
- 저물녘 강언덕에 나와서 _ 113
- 바람이 괴롭히네 _ 114
- 벼슬을 내어놓고 돌아와서 _ 115
- 돛단배를 타고 서울을 떠나며 _ 116

• 졸곡하고 소내로 돌아오며 _ 118

연못을 떠난 고기

• 석우촌에서 귀양길을 떠나며 _ 121
• 사평촌에서 처자와 헤어지며 _ 123
• 하담에서의 이별 _ 125
• 내 귀양간 장기현 _ 126
• 연못을 떠난 고기 _ 128
• 한 연못 속에 살면서도 _ 130
• 집 없는 제비 _ 131
• 담배 _ 132
• 여름밤 _ 133
• 집에서 편지 가져온 아이를 보내고 _ 134
• 아들이 보내준 밤을 받고서 _ 135
• 어린 딸을 생각하며 _ 136
• 칡을 캐네 _ 137
• 장기현 농사꾼 노래 _ 140
• 신지도로 귀양가신 형님을 그리며 _ 142
• 흰 구름 _ 143
• 강진에서 고향 편지를 받고 _ 144
• 탐진촌요 _ 145
• 탐진농가 _ 146
• 탐진어가 _ 147
• 애절양 _ 148
• 중양절에 보은산 정상에 올라 우이도를 바라보며 _ 150
• 여름날 술을 대하다 _ 152
• 근심이 오다 _ 155

- 시골집을 지나며 _ 157
- 사월 이십일에 학포가 왔는데 서로 헤어진 지 이미 팔 년이 되었다 _ 158
- 스님이 소나무를 뽑네 _ 159
- 쥐 안 잡는 도둑 고양이 _ 162
- 다북쑥을 캐네 _ 166
- 승냥이와 이리 _ 168
- 엄마 잃은 오누이 _ 170
- 용산촌의 아전 _ 174
- 파지촌의 아전 _ 176
- 해남촌의 아전 _ 178

여름날의 시골

- 자신의 장사지낼 땅을 보다 _ 183
- 농가의 여름 _ 184
- 여름날의 시골 _ 185
- 흉년 든 강마을에 봄이 찾아와 _ 186
- 혼인한 지 벌써 예순 해가 되었기에 _ 187

부록

- 다산의 시세계에 대하여/ 김영 _ 191
- 연보 _ 196
- 原詩題目 찾아보기 _ 199

어진 아내도 바라지 않아라

수학기 : 1762~1782

수종사에 노닐며
游水鍾寺

담쟁이 험한 비탈 끼고 늘어져
절간으로 드는 길 분명치 않네
응달에는 묵은 눈이 쌓였고
물가엔 아침 안개 흩어지누나
샘물은 돌구멍에 솟아오르고
종소리 숲 속에서 울려퍼지니
유람길 여기부터 두루 밟지만
그윽한 기약을 어찌 다시 그르치랴

垂蘿夾危磴、　　不辨曹溪路。
陰岡滯古雪、　　晴洲散朝霧。
地漿湧嵌穴、　　鍾響出深樹。
游歷自玆遍、　　幽期寧再誤。

■
* 수종사는 다산의 고향인 경기도 양주군 와부면 조곡산에 있는 절 이름으로, 그곳에서 공부할 때 지은 듯하다.

봄에 막내숙부를 모시고 배를 타고 한양으로 가면서

春日陪季父乘舟赴漢陽 _1776

아침에 해 떠오르자 산이 맑고도 먼데
봄바람 스친 물이 일렁거리네
물살 감도는 기슭 만나 키를 돌렸지만
여울 빨라 노 소리 울리지 않네
옅푸른 풀 그림자 물 위에 뜨고
노란 버들가지 하늘거리는데
차츰 서울이 가까워지니
울창한 삼각산이 높이 솟았네

旭日山晴遠、　　春風水動搖。
岸廻初轉柁、　　湍駛不鳴橈。
淺碧浮莎葉、　　微黃著柳條。
漸看京闕近、　　三角鬱岧嶢。

∎
* 병신년(1776) 2월 15일에 관례를 올리고 16일에 서울로 가서 22일에 혼례를 치렀다. 서울로 가는 배 안에서 이 시를 지었다. (원주)

운산으로 귀양가는 장인을 보내며
送外舅洪節度和輔謫雲山 _1776

헤어지는 길목에 가을빛이 짙었는데
떠나보내는 정자에서 호탕하게 노래 불렀네
학령을 넘어가는 발걸음은 더디고
용하를 나서면서 점점 아득해지네
남해엔 명주가 지천이지만
관서쪽엔 흰 눈이 많을 터이니
얼음산을 가는 길 헤아리기 어려워라
저 바람과 물결을 건널 수 있을는지

別路生秋色、　　離亭發浩歌。
靡靡踰鶴嶺、　　杳杳出龍河。
南海明珠賤、　　西關白雪多。
氷山未可料、　　安意度風波。

장모 이숙부인의 죽음에 붙여*
外姑李淑夫人輓詞 _1777

부인께선 늘그막에 복도 많으셨건만
젊었을 적 가난을 늘 말씀하셨지
찾아오는 손님은 머리 잘라 술상 차렸고
늙으신 시부모님껜 방아를 찧어 즐겁게 해드렸다지
자애로운 그 은덕 누가 갚사오리
부드러운 덕성 또한 세상에 드물어라
처량하고 슬퍼라 동파역 그곳이여
단풍 숲에 비 내려 먼지 씻어 드리네

夫人晚福厚、　　常說少時貧。
剪髮供來客、　　舂粱悅老親。
慈恩誰竟報、　　柔德世希倫。
悽愴東坡驛、　　楓林雨洗塵。

* 숙부인은 정3품 종친이나 문무관의 부인 품계. 원주에 의하면 5월 27일에 세상을 떠났다.

담양에 이르러 도호부사 이인섭 어른을 모시고 술을 마시며
次潭陽陪李都護寅燮丈飮

우거진 대나무 숲 깊숙한 곳에
관가집이 눈속에 활짝 트였네
꿩이 길든 교화를 이미 이루고[1]
애오라지 큰 재주를 시험하시네
기생에게 명해 고기를 굽고
아이 불러 술잔도 권하시니
타향의 벼슬살이 오래 되어
찾아온 옛 친구가 응당 기쁘시리

▪

1) 후한 장제(章帝) 때에 각 지방의 벼가 멸구의 피해를 입었으나 노공(魯恭)이 수령으로 있는 중모(中牟) 지방은 아무렇지도 않다는 소문이 나자, 하남윤(河南尹) 원안(袁安)이 감찰관 비친(肥親)을 보내 그 사실을 알아보게 하였다. 노공이 그를 맞아 함께 들길을 가다가 뽕나무 밑에 앉아 쉬고 있을 때 꿩이 날아와 그들의 곁에 앉았는데, 때마침 아이가 함께 있었다. 비친이 아이에게 "애야! 왜 잡지 않느냐?" 하고 묻자, 아이가 "이 꿩은 지금 새끼를 데리고 있습니다." 하였다. 비친이 깜짝 놀라 일어나서 노공과 작별하며 말하였다. "내가 온 것은 당신의 정사를 살펴보려 한 것인데, 이제 보니 해충이 고을을 범하지 않은 것이 하나의 이적(異迹)이고, 교화가 새짐승에게까지 미친 것이 두 가지 이적이며, 어린아이가 어진 마음이 있으니 세 가지 이적입니다. 오래 머물면 당신에게 폐만 끼칠 뿐입니다." 하고, 돌아갔다. 《후한서(後漢書)》 권25 〈노공전(魯恭傳)〉에 있는 이야기인데, 이인섭이 수령으로서 선정을 베풀어 치적(治績)이 이루어졌다는 뜻으로 썼다.

竹樹最深處、官齋雪裏開。
已成馴雉化、聊試割牛才。
命妓前燒肉、呼兒對勸杯。
異方遊宦久、應喜故人來。

동림사에서 책을 읽으며*
讀書東林寺 _1778

무등산 남쪽에 도 닦는 곳 많다지만
그 가운데도 동림사가 그윽하고 상쾌해라
울창한 이곳 골짜기의 분위기가 마음에 들어
어버이 모시는 것도 잠시 멈추고 찾아왔네
푸른 시냇물은 징검다리로 건너고
저 푸른 산봉우리는 걸어서 올랐지
그늘진 언덕에는 싸래기 눈이 흩뿌려지고
높다란 상수리나무엔 차가운 잎만 붙어 있는데
한바퀴 둘러보니 속세의 번뇌도 흩어지고
문안에 들어서자 맑은 생각 떠오르네
성현께서 남기신 책 열심히 읽노라면
어버이 희망을 위로해 드리겠지
새벽이 오기까지 감히 잠도 못 이루다가
울려오는 종소리를 중들과 함께 듣네
부귀 영화를 바라는 욕심에서가 아니라
멋대로 떠돌아다니기보단 나을 것 같아 찾아왔지
어린 나이에 자기 재주나 믿던 사람들
늙어가면서 거의가 멍청해지네
아무렇게나 허송세월 보내지는 말아야지
세월만 보낸 사람들 참으로 어리석어라

■
* 11월이다. 이때 둘째 형과 함께 있었다. (원주)

瑞陽多修院、東林特幽爽。
愛玆林壑趣、暫辭晨昏養。
橫槎渡碧澗、躡履躋青嶂。
淺雪糝陰坂、冷葉棲高橡。
顧眄散塵煩、入門發清想。
黽勉讀書傳、庶足慰親望。
未敢眠到曉、同聽木魚響。
非必慕榮達、猶賢任放浪。
英年恃才氣、及老多鹵莽。
戒之勿虛徐、逝景眞一妄。

지리산 스님 노래를 지어 유일에게 보이다
智異山僧歌示有一 _1778

지리산 높고 높아 삼만 길인데
그 꼭대기 푸른 봉우리는 손바닥처럼 평평해라
그 가운데 한 암자 있어 대사립 세웠는데
흰 머리 스님이 검은 법복을 입고 있네
솔잎으로 미음 끓여 목을 축이고
칡덩굴로 모자 엮어 늘 이마를 덮었네
천번이고 백번이고 염불 외더니
갑자기 고요해지곤 아무 소리 들리잖아라
삼십삼 년 아래로 내려오지 않았으니
세상 사람 그 얼굴을 어찌 기억하랴
꽃이 펴도 꽃이 져도 돌아다보지 않고
구름이 와도 구름이 가도 늘 한가롭다네
표범은 꼬리 끌며 뜰 앞에서 장난치고
다람쥐가 창틈으로 염불 소리 들으며 노는 곳
산삼이 땅에 깔려도 캐는 사람이 없고
고라니 사슴 울어대며 마음대로 노닌다네
이 스님 이름을 누가 뒷날 기억하랴.
안개 노을 겹겹이 푸른 산을 에워쌌으니
태백산에 숨은 용을 중생들은 의심하고
소림사 면벽 구 년을 어리석어 아지 못하네
"설파대사 선정(禪定)에 들었단 말 들리던데
그 높은 발걸음이 여기 숨은 건 아니신지?"

스님은 고개 숙여 아무 대답 하지 않고
"설파와 헤어진 뒤론 소식 없다" 말만 하네[1]

智異高高三萬丈。　　上頭碧巘平如掌。
有一草菴雙竹扉、　　有僧白毫垂緇幌。
松葉稀糜或沾喉、　　葛絲煖帽常覆顙。
喃喃念經千百遍、　　忽爾寂然無聲響。
三十三年不下山。　　世人那得識容顔。
花開花落了不省、　　雲來雲去只同閑。
文豹牽裾戲庭畔、　　斑貙聽偈遊牖間。
蔘芽滿地無人採、　　麂鹿呦呦自往還。
此僧名字將誰識。　　烟霞疊鎖蒼山色。
太白藏龍衆共疑、　　少林面壁愚莫測。
吾聞雪坡入禪定、　　無乃高蹤此逃匿。
蓮公俛首不肯答、　　但道別來無消息。

■

1) 설파대사(雪坡大士)는 유일(有一)의 법형(法兄)이다. (원주)

붉은 매화
賦得堂前紅梅 _1780

대나무 숲속에 고요한 집이 있어
한 그루 매화가 창 앞에 피었구나
꼿꼿한 모습으로 눈·서리 견디면서
맑고 그윽하게 티끌·먼지 벗어났네
아무 생각 없는 듯이 한 해를 보내더니
봄이 오자 저절로 활짝 꽃을 피웠네
그윽한 향내가 참으로 속세를 떠났으니
붉은 꽃잎만 사랑스러운 건 아닐세

窈窕竹裏館、　　牕前一樹梅。
亭亭耐霜雪、　　澹澹出塵埃。
歲去如無意、　　春來好自開。
暗香眞絶俗、　　非獨愛紅腮。

저녁에 광양에서
暮次光陽 _1780

작은 마을이 산언덕에 기대어 있고
황폐한 성채는 바닷물에 적셔지네
흙비 내려 나무들은 어슴푸레하고
비 머금은 섬 구름 높이 떴어라
까마귀·까치들은 다투어 빈 장터에 날아들고
조개·소라가 다닥다닥 작은 다리에 붙어 있지만
요즘 들며 어세(漁稅)가 너무 무거워
산다는 것이 날로 더욱 쓸쓸해지네

小聚依山坂、　　荒城逼海潮。
漲霾官樹暗、　　含雨島雲驕。
烏鵲爭虛市、　　蠯螺疊小橋。
邇來漁稅重、　　生理日蕭條。

두치진* 장날
豆卮津 _1780

조랑말 목을 끌며 골짜기를 나서니
들 나루엔 나룻배가 뜨고 봄물이 푸르구나
모랫벌이 따뜻해져 방금 장이 벌여 섰고
부엌마다 연기 내며 술과 고기 늘어놓았네
강언덕엔 말과 소가 서로 얼려 노닐고
포구엔 돛배들이 숲처럼 엮어져 있네
서쪽은 남원이요 북쪽은 상주니
돈 많은 장사꾼들이 여기로 모여들었네
개성·애주[1] 비단이 돌아돌아 들어오고
울릉·제주 생선과 전복이 이곳으로 모여드네
끊임없이 오고가는 이, 모두들 이익 때문이니
그 누가 이를 말려 장사를 막을 겐가
지리산을 돌아보니 안개 속에 잠겨 있어
청학이 높이 나니 쫓아가기 어려워라[2]

∎
* 하동부에서 십 리 떨어진 곳에 있다. (원주)
1) 『해동역사 속집』제12권 「지리고」에 "애주(愛州)"를 설명하면서 "삼가 살펴보건대, 바로 의주(義州)로, 평안도에 속한다."고 하였다. 의(義)와 애(愛)의 음이 비슷하기 때문에, 중국인들이 애주(愛州) 혹은 애주(艾州)라고 부른 데에서 연유했다고 한다.
2) 청학동은 지리산에 있는데, 나는 이때 아내를 데리고 있어 유람할 수 없었다. (원주)

鳴驢引頸欣出谷。野渡舟橫春水綠。
沙平日煗市初集、萬竈煙生羅酒肉。
岸邊牛馬交相戲、浦口帆檣森似束。
西通帶方北沙伐、豪商大賈於斯簇。
松京愛州轉錦綺、鬱陵乇羅輸魚鰒。
穰穰往來摠爲利、誰能挽世塗耳目。
回看南嶽鎖煙霧、青鶴高飛杳難逐。

촉석루에 올라 옛일을 생각하다*
矗石懷古 _1780

동쪽으로는 왜놈 바다가 보여 일월도 밝은 곳에
붉은 누각 아스라이 산언덕을 의지했네
꽃피는 강가에는 그 옛날 미녀의 춤이 아련하고
단청 화려한 기둥에는 3장사 노래[1]가 걸렸구나
전쟁터에도 봄바람 불어와 초목을 다시 살리고
황폐한 성터엔 밤비 내려 물결이 불었는데
이제는 옛사당에 영령들만 계시니
한밤중 은촛불 밝히고 술잔을 따라 올리네

蠻海東瞻日月多、	朱樓迢遞枕山阿。
花潭舊照佳人舞、	畵棟長留壯士歌。
戰地春風回卉木、	荒城夜雨漲煙波。
只今遺廟英靈在、	銀燭三更酹酒過。

■
* 3월에 지었다. 촉석루는 진주 병마영(兵馬營)에 있다. 임진왜란 때에 3장사가 이곳에서 절개를 지켜 죽었다. (원주)
1) 의병장 김천일과 최경회·황진(또는 고종후) 장군이 진주가 왜놈들에게 함락되는 날 함께 읊은 시. 목숨을 던져 의를 세울지언정 왜놈들에게 항복하여 불명예스럽게 살아 남지 않겠다고 다짐하면서, 함께 술을 마시며 웃고는 이 시를 읊으며 촉석루 아래의 남강으로 몸을 던져 죽었다.

칼춤 추는 미인에게
舞劍篇贈美人 _1780

계루고(鷄婁鼓) 한 소리에 풍악이 시작되어
온 좌중이 가을 물결처럼 고요해라
촉석루 아가씨 꽃같은 그 얼굴에
군복으로 분장하니 남자 맵시 되었구나
보랏빛 쾌자에 푸른 전모 눌러 쓰고
좌석에 절한 뒤에 발꿈치를 돌렸네
부드러운 걸음 박자 맞추어 걸으니
쓸쓸한 듯 걸어가다 기쁜 듯이 돌아서네
날아갈 듯 선녀처럼 살짝 내려앉으니
발밑은 고운 빛에 가을 연꽃 같아라
한참 몸을 기울여 물구나무 서면서
열 손가락 뒤쳐 뵈니 뜬구름 같아라
한 칼은 땅에 놓고 또 한 칼로 춤추니
푸른 뱀이 칭칭 서려 가슴을 휘감는 듯
홀연히 두 칼 잡고 사뿐히 일어서니
사람은 뵈지 않고 안개 구름만 자욱해라
이리저리 휘둘러도 칼끝은 닿지 않고
치고 찌르고 뛰고 굴러 눈앞이 무서워라
회오리바람 소나기가 겨울 산에 가득한 듯
붉은 번개 푸른 서리가 빈 골짝서 다투는 듯
놀란 기러기처럼 안 올 듯 날아가다가
성난 매처럼 감돌며 노려보네

쨍그렁 칼 던지고 사뿐히 돌아서니
예처럼 가는 허리 겨우 한 줌 남짓해라
서라벌 여악(女樂)은 우리나라 으뜸이어서
황창무 옛 곡조가 아직껏 전한다네
칼춤 배워 성공하기 백에 하나 어려워서
살진 몸매 늘어진 볼에 노둔한 자 많았는데
너 이제 젊은 나이에 묘한 재주 지녔으니
옛날 이르던 여협(女俠)을 오늘에 보는구나
얼마나 많은 사람 너 때문에 애태웠나
때때로 미친 바람, 장막 안에 불어드네

鷄婁一聲絲管起、四筵空闊如秋水。
矗城女兒顔如花、裝束戎裝作男子。
紫紗袵子靑氈帽、當筵納拜旋擧趾。
纖纖細步應疏節、去如怊悵來如喜。
翩然下坐若飛仙、脚底閃閃生秋蓮。
側身倒揷蹲蹲久、十指飜轉如浮煙。
一龍在地一龍躍、繞胸百回靑蛇纏。
焂忽雙提人不見、立時雲霧迷中天。
左鋋右鋋無相觸、擊刺跳躍紛駭矚。
颷風驟雨滿寒山、紫電靑霜鬪空谷。
驚鴻遠擧疑不反、怒鶻回搏愁莫逐。

鏗然擲地颯然歸、
斯羅女樂冠東土、
百人學劍僅一成、
汝今青年技絕妙、
幾人由汝枉斷腸、

依舊腰支纖似束。
黃昌舞譜傳自古。
豊肌厚頰多鈍魯。
古稱女俠今乃覩。
已道狂風吹幕府。

지루한 객지 생활
倦遊 _1781

고향에서 처자 데리고 살 만도 한데
서울에서 또다시 지루한 생활하네
문장은 세속 안목과 어긋나고
꽃과 버들은 나그네 시름 자아내네
먼지 가리는 부채를 여러 번 들고
산골로 가는 배를 노상 그리네
사마상여 또한 천박한 사람이니
기둥에 글 써서[1] 무엇을 구했던가

鄕里堪携隱、	京城又倦遊。
文章違俗眼、	花柳入羈愁。
屢擧遮塵扇、	長懷上峽舟。
馬卿亦賤子、	題柱欲何求。

∎
* 이때 성균관 시험에 세 번째 떨어져 회현방에 머물고 있었다. (원주)
1) 한(漢)나라 문장가 사마상여가 처음에 벼슬하기 위해 서쪽의 장안(長安)으로 들어갈 때 승선교(昇仙橋)를 지나다가 다리 기둥에 "네 필의 말이 끄는 높은 수레를 타지 않고서는 이 다리를 지나지 않으리라."라고 썼다. 반드시 고관 대작이 되어 금의환향하겠다는 각오를 드러낸 것인데,《한서(漢書)》권57〈사마상여전(司馬相如傳)〉에 실린 이야기이다.

학질 쫓는 노래를 지어 이의원에게 보이다
截瘧詞示李醫 _1781

으스스 한기 돌 땐 살갗이 싸늘해지고
펄펄 열이 끓을 땐 간장을 조리네
귀신은 약속한 듯 어찌 찾아오며
복성은 온 성안을 어찌 두루 못 비추나
이제 한 뿌리 동자삼을 가지고
문 밖으로 귀신 몰아 평안을 얻으리라

寒㦱㦱洒肌肉、　　　熱熇熇煎肺腸。
鬼耶胡能來有信、　　星耶何不徧一城。
逝將一條孩兒蔘、　　長驅出門得安平。

■
* 이때 아내가 임신 중 학질에 걸려 3월부터 7월까지 백여 일이나 앓고 있었다. (원주)

여름날 소내에서 지은 잡시
夏日苕川雜詩 _1781

1
단지에 술이 괴자 술내음 향기로워
강가에서 한가로이 고기 파는 사내 불렀네
금방 새로 찧은 보리 한 말 넘겨주고
두 자가 넘는 물고기를 사왔네

磁甕初鳴酒氣香。　　水邊閒喚賣魚郞。
只消一斗新春麥、　　賖得重脣二尺強。

2
금빛 같은 산속 배 반나마 누르스름해
함소리가[1] 맘껏 향기롭길 바랬건만
높은 가지 달린 것은 까마귀가 이미 쪼아
신선 과일 처음 맛보는 걸 그놈에게 빼앗겼네

金色山梨半面黃。　　含消正待十分香。
高枝已被烏兒啄、　　仙味輸渠第一嘗。

■
1) 한나라 무제(漢武帝)의 동산에서 생산되었다는 배인데, 닷되들이 항아리만큼 커서 땅에 떨어지면 깨지기 때문에 주머니를 밑에 받치고 땄다고 한다. 이 시에서는 질좋은 배를 말한다.

3
온조궁 터가 있는 두어 마장 들판에[2)]
해마다 일구어서 오이를 심었네
술 갈증을 달래려면 어디에서 사야 하나
갈대 강변 거룻배로 향해 가야지

溫祚宮墟數里阡。　　　年年只作種瓜田。
要沽酒喝憑誰買、　　　會向蘆洲舴艋邊。

4
비 개자 모래둑 넘치던 물 줄어들어
깎인 잔디 누운 버들 뿌리가 다 드러났네
종다래끼 손에 들고 이웃 노인 따라나가
물고기를 잡느라고 날 저문 줄 모르네

雨歇沙堤落漲痕。　　　崩莎臥柳露全根。
試携笭箵隨隣叟、　　　櫟取魚兒到日昏。

---

2) 광주(廣州)의 옛 고을이다. (원주)

7
촌늙은이들 같이 와서 삼 베자고 말하더니
도랑 가 움푹한 곳 장작 패고 돌 쌓았네
초당이 이제부터 가려진 게 전혀 없어
앞마을의 여러 집들이 드러나게 되었구나

野老齊來約剪麻。　　斫柴堆石近溪窊。
草堂自此無遮翳、　　全露前村八九家。

겨울에 배를 타고 미음에 갔다가 병을 얻어 서울로 들어가며
冬日乘舟到渼陰得病入京 _1781

눈 속에 장사꾼들 노 저어가고
강가에는 촌늙은이 집만 외롭구나
나그네길 병세가 시름겨워서
서울로 의원 찾아 들어왔네
부처같이 청정함도 좋은 일이니
문장이란 병마라고나 할까
새봄이 돌아오면 좋은 말 사서
마음대로 연하를 구경하리라

雪裏商人櫂、　　沙邊野老家。
病情愁客旅、　　醫術仰京華。
淸淨須如釋、　　文章做是魔。
春來買好馬、　　隨意賞煙霞。

∎
* 이때 피를 몇 되나 토하다가 석 달 만에 나았다. (원주)

남의 것 본뜨기에만 정신없으니
述志 二首 _1782

2
슬퍼라, 우리나라 사람들이여
자루 속에 갇힌 듯 너무 외져라
삼면은 바다로 둘러싸이고
북쪽엔 높은 산이 주름졌는데
팔·다리가 언제나 굽어 있으니
큰뜻이 있다 한들 무엇으로 채울 건가
성현께선 만리 밖 먼 곳에 계시니
그 누가 이 어둠을 열어 주려나
머리 들어 인간세상 바라다봐도
밝은 마음 가진 사람 보기 드물고
남의 것 본뜨기에만 정신 없으니
정성껏 자기 몸 닦을 틈이 없어라
무리들이 어리석어 바보 하나 떠받들고
야단스레 다같이 숭배케 하니
질박하고 옛스런 단군 세상의
그 시절 옛 풍습만 못한 듯해라

嗟哉我邦人、辟如處囊中。
三方繞圓海、北方縐高崧。
四體常拳曲、氣志何由充。
聖賢在萬里、誰能豁此蒙。
舉頭望人間、見鮮情瞳矓。
汲汲爲慕倣、未暇揀精工。
衆愚捧一癡、嗜咶令共崇。
未若檀君世、質朴有古風。

뱃사공의 탄식
篙工歎 _1782

나는 본디 산속에서 약초 캐는 늙은이
우연히 강에 나왔다가 뱃사공이 되었어라
서풍 불어 서쪽 뱃길 끊어 놓기에
동쪽으로 가려다가 동풍을 만났어라
바람이야 제 어찌 나를 못살게 했으랴
내 스스로 바람 따라 가지 못한 탓이지
바람 그르고 내가 옳다 말하지 않으리라
산속으로 돌아가 약초나 캐야겠네

我本山中採藥翁。　　偶求江上爲篙工。
西風吹斷西江路、　　却向東江遇東風。
豈其風吹故違我、　　我自不與風西東。
已焉哉、莫問風非與我是、　不如採藥還山中。

어진 아내도 바라지 않아라
古意 _1782

1
어진 아내 바라지 않고
넓은 집도 원치 않아라
아내가 어질면 즐겁게 지낼 생각만 나고
집이 좋으면 편안히 지내고픈 마음만 생기지
사내 장부 한 몸을 얽어 매리니
멀리 내다보며 생각할 겨를도 없을레라
한때라도 떠나려 하지 않을 테니
하물며 여름 겨울을 따로 지낼 수 있으랴
옛부터 어질고 뜻 높은 선비들께선
살림살이 즐거움 생각도 안했었지
쓸쓸한 내 신세 바랄 것도 하나 없어
한밤중에 한숨만 내쉴 뿐일세

取妻不願賢、　　室屋不願寬。
妻賢戀好合、　　美屋情依安。
繋維丈夫身、　　未遑慮遐觀。
莫肯晷刻離、　　況敢經燠寒。
自古賢達士、　　不念居室歡。
蕭條無可欲、　　乃發中夜歎。

굶주린 백성들

사환기 : 1783~1800

국자감시의 방을 내걸던 날 기쁨을 쓰다
國子監試放榜日志喜 _1783

아름다운 물가에 상서로운 기운이 흘러
큰 도읍에서 재주를 시험하더니
시골까지 비와 이슬 미치게 되어
꽃망울에 봄볕이 곱게 비쳤네
마을에선 칭찬이 떠들썩하고
안채에선 얼굴이 환해졌으니
이름 조금 울린 게 대단하랴만
글월 띄워 어버이 마음 즐겁게 하리

華渚流祥日、 　　鴻都試藝辰。
草茅覃雨露、 　　花萼媚陽春。
村巷傳呼數、 　　閨門動色新。
小鳴那足恃、 　　書發庶怡親。

* 계묘년(1783)이다. 원자(元子)의 칭호를 정한 일로 인한 증광과(增廣科) 감시(監試)의 초시에 백씨(伯氏)는 초장과 종장에 다 합격하였으며, 중씨는 시로써, 나는 경의(經義)로써 다 함께 해액(解額)을 얻어냈다. 이때 체천정사(棣泉精舍)에 함께 앉아 있다가 기쁜 소식을 듣고 편지로 아버님께 알렸다. (원주)

어머님 무덤에 이르러서
到荷潭 _1783

보기만 해도 서글퍼라, 하담의 나무들
봄바람 분다고 꽃 피웠구나
땅이 외져도 길이 있기에
사람들 제집처럼 찾아온다네
어릴 때엔 죽마(竹馬) 타고 놀던 곳인데
오늘은 푸른 도포 떨쳐 입고 왔네
헤매며 다닌다고 누가 사랑해 줄 건가
멍하니 섰으려니 눈물만 흘러라

悽愴荷潭樹、　　春風自放花。
地偏猶有路、　　人到每如家。
竹馬他年戲、　　藍袍此日華。
彷徨竟誰愛、　　佇立涕橫斜。

호적에 들지 않은 백성들
紀行絶句 _1783

5
가파른 절벽 골짜기에 초목이 우거져서
옛부터 사람들이 호랑이와 이웃삼았네
꼭대기를 올려다보니 밭 태우는 불길들
이들이 바로 호적에 들지 않은 백성이구나

峭壁回谿草木蓁。　　舊來人虎與爲鄰。
試看絶頂燒畬火、　　猶是司農籍外民。

손자병법을 읽고
讀孫武子 _1784

1
인생은 먼길 가는 나그네라서
평생토록 갈림길서 헤매인다네
육경¹⁾을 즐기는 게 근본이지만
구류²⁾도 두루 엿보고픈 생각이 드네
강개한 마음으로 병서를 읽고
만고에 한바탕 휘둘러 볼까 했지만
이 생각 참으로 지나친 것 같기에
책 덮고 한 번 길게 탄식한다네
나 배운 것 자본 삼아 이용할까 두려워서
호탕한 선비는 가까이 못하겠네
나 배운 것 얻으려고 스승 삼잘까 두려워서
용렬한 사람과도 가까이 못하겠네
초연히 내 갈 길 혼자서 걸어가는 게
내 생각엔 오히려 위로가 되네

■
1) 역경·서경·시경·춘추·예기·악경의 여섯 가지 경서.
2) 중국 한(漢)나라 때의 9학파. 유가·도가·음양가·법가·명가·묵가·종횡가·잡가·농가.

人生如遠客、　　終歲在路歧。
六經本可樂、　　九流思徧窺。
慷慨讀兵書、　　萬古期一馳。
此意良已淫、　　掩卷一長噫。
豪士不可近、　　恐以我爲資。
庸人不可近、　　恐以我爲師。
超然得孤邁、　　庶慰我所思。

2
천지는 늘 그대로 있지를 않고
도덕도 언제나 높여지지는 않는 법이라
이 세상 조화가 미묘하고도 찬찬하니
누가 능히 그 연원을 살필 수 있으랴
신룡이 머리를 한번 흔들면
연못의 잔고기가 시름에 잠기고
온갖 귀신 거리에 날뛰다가도
푸른 바다에 아침해가 돋아 오른다네
이 이치가 때로는 어긋나기도 하니
내 운수가 막힐까 그게 두려워라
편안한 마음으로 인륜의 가르침 따르노니
이 즐거움 어찌 다 말할 수 있으랴

天地無常設、　道德無常尊。
運化微且徐、　誰能察其源。
神龍奮其首、　汹澤愁鯤鯤。
百鬼騁中馗、　溟渤生朝暾。
理然時有訕、　恐汝離蹇屯。
安心履名教、　此樂何可言。

석치(石癡)의 용 그림에 붙여*
題鄭石癡畵龍小障子 _1784

요즈음 용 그림은 귀신 그림 같아서
네눈박이 방상시¹⁾ 머리에다 뱀 꼬리를 붙여 논다네
용 본 사람 드문지라, 그런가보다 믿고는
어슴푸레 구름 낀 듯 현혹되어 버린다네
정공이 발분하여 참모습 가깝게 그리자고
비늘 하나 눈동자 하나에도 용의 정기 나타냈네
꿈틀거리는 모습은 지붕 뚫을 기세요
떨치는 형상으론 사람도 칠 듯해라
이 그림 얻기가 보물만큼이나 어려워
깊숙한 방안에서 남의 눈 피해 그렸다네
누설하지 말랬지만 내 이제 말하노니
잘못된 환쟁이 버릇을 바로잡기 위해서라오

時師畫龍如畫鬼。	任作魁頭與蛇尾。
人稀見龍信其然、	茫洋眩惑雲氣霼。
鄭公發憤思逼眞。	一鱗一睛皆傳神。
夭蟜直愁仰衝屋、	奮發常疑橫觸人。
此畫難得如珠玉。	密室潛描避人目。
戒我勿洩我發之、	丹靑小數要矯俗。

∎
* (석치의) 이름은 철조(喆祚)이며, 벼슬은 정언(正言)이다. (원주)
1) 궁중에서 악귀를 쫓던 의식인 나례(儺禮)에서 쓰던 것. 네 눈이 있는 귀신의 가면.

호박을 훔쳐왔다고
南瓜歎 _1784

열흘 내내 장마비 내려 길이란 길이 다 끊어지고
성안에도 마을에도 밥짓는 연기 사라졌네
성균관에서 글 읽다가 집으로 돌아와 보니
문안에 들어서자마자 떠들썩한 소리 들려라
들어보니 쌀독 빈 지가 벌써 며칠 되었다고
호박으로 죽을 쑤어 겨우겨우 때웠다고
어린 호박까지 다 따먹고 어쩔 수가 없었다네
늦게 핀 꽃 지지 않아 새 호박은 안 열렸다네
옆집 채마밭 넘겨다봤더니 항아리처럼 살진 호박
계집종이 남모르게 훔쳐다가 바쳤다네
"뉘가 너에게 도둑질하라 가르쳤더냐."
충성을 바치고는 도리어 매를 맞네
아서라, 그 애는 죄 없으니 꾸짖지 말라
내가 이 호박 먹을 테니 다시는 따지지 말라
채마밭 늙은이에게 떳떳하게 말하라
오릉중자[1] 작은 청렴 따윈 마음에 없다고

---
1) 전국시대 제(齊)나라의 귀족 진중자(陳仲子)가 불의와 타협하지 않고 산동성 오릉에 은거하면서, 몸소 일하며 자급자족하였다. 맹자는 진중자의 행위를 대의에 어긋난다고 비난하였다.

이 몸도 때맞게 바람만 만나면 날개 돋쳐 날을 테고
그렇지 못하더라도 금광이나 파 보리라
만 권 책 다 읽었다고 아내 어찌 배 부르랴
밭 두 마지기만 있었더라도 계집종 도둑질 안 했을 텐데

苦雨一旬徑路滅。 城中僻巷烟火絶。
我從太學歸視家、 入門譁然有饒舌。
聞說罌空已數日、 南瓜甖取充哺歠。
早瓜摘盡當奈何、 晚花未落子未結。
鄰圃瓜肥大如瓨、 小婢潛窺行鼠竊。
歸來效忠反逢怒、 孰敎汝窃笞罵切。
嗚呼無罪且莫嗔、 我喫此瓜休再說。
爲我磊落告圃翁、 於陵小廉吾不屑。
會有長風吹羽翮、 不然去鑿生金穴。
破書萬卷妻何飽、 有田二頃婢乃潔。

가을이 되니 생각이 나네
秋日書懷 _1785

내 집 동쪽에는 물 맑은 곳이 있어
가을 되면 즐거웠던 일 생각이 나네
밤나무 밭에 바람 불면 붉은 열매 떨어지고
갯마을에 달이 뜨면 빨간 가재가 향그러웠지
울타리 따라 걷노라면 모두가 시 지을 거리
구태여 돈 들이지 않아도 술 마실 곳은 있었지
나그네 생활 몇 해 되도록 돌아가지도 못하고
고향 편지 받을 때마다 혼자서 가슴만 아파라

吾家東指水雲鄉。　　細憶秋來樂事長。
風度栗園朱果落、　　月臨漁港紫螯香。
乍行籬塢皆詩料、　　不費銀錢有酒觴。
旅泊經年歸未得、　　每逢書札暗魂傷。

가을에 춘당대에서 임금을 뵙고 물러나와 짓다
秋日春塘臺上謁退而有作 _1786

상원에[1] 싸늘한 가을바람 일어
앙상한 풀과 나무 말끔하구나
안개 서리 철 따라 바뀌었으니
글솜씨로 임금의 마음 위로하였네
미천한 몸 나라에 도움 없는데
선비로써 영광을 홀로 입었네
용안에 근심스런 빛이 어리어
물러나오자 눈물이 줄줄 흐르네[2]

上苑秋風起,	蕭森草樹明.
煙霜移節序,	文墨慰宸情.
藿食嗟無補,	儒衣獨荷榮.
天顔有憂色,	退出涕交橫.

∎
✽ 이때 반궁(泮宮)의 시험에 합격하였기 때문이다. (원주)
1) 왕이 경치를 관상하고 사냥을 즐기는 동산으로, 이 시에서는 춘당대가 있는 창경궁(昌慶宮) 주변의 정원을 가리킨다.
2) 이때 임금께서 애절하게 나를 위로하고 애석해 하였는데, 합격자에 대한 석차를 매긴 것이 임금의 뜻이 아니었기 때문이다. (원주)

문아가 태어난 지 백일이 되는 날 기쁨을 쓰다
文兒生百日識喜 _1786

아기 태어난 백일에 자세히 살펴보니
드문 눈썹에 수려한 눈이 맑고도 단정하구나
큰애는 글자 배우고 너는 재롱 피우니
아내는 고관처럼 존중하였네
태어난 해는 돈장에 병문을 만났으니[1)]
문장가에 임금 보필 두 어려움이 기대되누나

兒生百日仔細看。　　疏眉秀目淸且端。
大兒學字汝助歡、　　室人尊重如高官。
歲在敦牂遇炳文、　　黼黻皇猷須二難。

---

* 7월 29일에 회현방(會賢坊)의 동쪽 방에서 태어났다. (원주)
1) 병오년에 태어났으므로 이름을 문장(文牂)이라 하였다. (원주)
   돈장은 구갑자에서 오(午)를 뜻하고 병문은 병(丙)을 풀이한 것이니, 병오년을 가리킨다.

가을날의 문암산장*
秋日門巖山莊雜詩 _1787

5
앞산에서 나무하다 노루 잡아 돌아오니
온 동네가 기뻐하고 집집마다 술렁이네
파·마늘 곁들여 질화로에 구워내니
촌사람 고기 씹을 줄 모른다고 그 누가 말했던가

樵叟前林打鹿歸。　　　一村讙賀動山扉。
地爐燒炙兼蔥蒜、　　　誰道農家未饜肥。

7
한밤중 울타리에 호랑이 나타나서
온 산이 고요한데 천둥같이 소리 지르네
아이가 혼자서 사립문 밀치고 나가
앞개울까지 쫓아가서 개 빼앗아 돌아오네

籬落三更猛虎來。　　　萬山寥寂一聲雷。
少年獨出柴門去、　　　趂到前溪取狗廻。

∎
* 9월에 나는 벼 베는 것을 보려고 그곳에 몇십일 머물렀다. (원주)

원진사[1] 일곱 수를 지어 아내에게 주다
蚖珍詞七首贈內 _1788

1
반년 삼농사는 갈고 거두기 힘들고
일년 내내 목화농사는 가뭄 장마가 걱정일세
누에치기 효과가 가장 빠르니
한 달이면 광주리에 고치가 가득하다네

半年麻枲勞耕蔱、　　終歲棉花慮雨暘。
最是蠶功收效疾、　　三旬嬴得繭盈箱。

2
조랑말이 준마를 낳았단 말 못 들었고
삽살개가 사냥개 낳은 것도 못 보았네.
올해에 고른 종자 금싸라기 같으니
내년에는 고치실이 옥병과 다름없으리

款段未聞生駃騠、　　獟狐不見産獒盧。
今年擇種如金粒、　　來歲纏絲等玉壺。

■
* 집사람이 누에치기를 매우 좋아하여 서울에 살면서도 해마다 고치실을 수확하므로 이 글을 지었다. (원주)
1) 원진은 계절과 달에 따라 구분되는 여덟 종류의 누에치기 명칭 가운데 하나로, 3월에 치는 것을 가리킨다. 진(珍)자는 두 잠을 잔 누에라는 뜻인데, 원(蚖)자에 붙어 하나의 명사가 되었다.

3
묵은 뽕잎 따다가 새끼 누에 먹이고
새 잎은 남겨두어 누에 늙기를 기다리세
오래 굶어 병이 들까 조심하면 그뿐이니
너무 먹여 숫놈만 만들지는 말아야지

須將舊葉哺纖蟻、 留養新芽待老蟲。
唯恐久飢深得病、 無令太飽獨成雄。

4
층층으로 잠박 놓아 알맞게 배치하니
칠층이면 일곱 칸 누에를 칠 수 있네
냄새를 멀리하고 추위와 더위 알맞게 하며
햇볕 들게 언제나 동남쪽을 향해야지

層苗安排量所函、 七層能養七間蠶。
遠臭兼須齊冷煖、 納陽常要向東南。

정월 스무이렛날 문과에 급제하여
희정당에서 임금을 뵙고 물러나와 짓다
正月卄七日賜第熙政堂上謁退而有作 _1789

임헌시[1]에 여러 번 응시했다가
마침내 포의 벗는 영광 얻었네
하늘이 끼친 조화 깊기도 하니
미물이 낳고 자람 후하기도 해라
둔하고 못나 임무 수행 어렵겠지만
공정과 청렴으로 충성 바치리
옥음으로 격려를 많이 하시니
늙은 어버이 마음 한껏 위로 받으시네

屢應臨軒試、　　終紆釋褐榮。
上天深造化、　　微物厚生成。
鈍拙難充使、　　公廉願效誠。
玉音多激勵、　　頗慰老親情。

∎
* 이때 반시(泮試)에서 수석을 차지했다. (원주)
1) 왕이 나와서 직접 보이는 시험을 뜻한다.

전편의 심사가 끝나자마자 또 시를 지어
올릴 것을 명하셨는데 승지로 하여금
담배 한 대를 피우게 하고
그것으로 시한을 정하셨다.
시를 지어 올리자 어비에 "담배 한 대를
피우는 사이에 붓을 잡아 곧장 써냈으니
어찌 뛰어난 재주가 아닌가." 하고
점수를 세 갑절로 내리셨다

前篇纔下又命進詩令承旨吸金絲煙一團以爲
限篇旣徹御批曰吸竹之頃操筆立書豈非奇才
三倍畫 _1789

물시계에 새벽 누수 소리 뚝뚝 울리는데
무리지은 노을치마 핏빛으로 새빨갛구나
갈 때는 놀란 기러기 비단 휘장 둘러친 듯
올 때는 나는 제비 단청 누각 에워싼 듯
꺾어지는 은갈구리에 비단 소매 돌아가고
옥젓가락[1] 흔적이 채롱에 비치누나
조야가 태평한 지 몇 해나 되었던가
성인께서 오색구름 속에 장중히 앉아 계시네

* 제목은 '태평만세 네 글자가 가운데에 놓였네[太平萬歲字當中]'였다.
  (원주)
1) 원문의 은구와 옥저는 은갈구리와 옥젓가락으로, 매끄러우면서도 꼿꼿한 글씨를 뜻한다. 여기서는 '태평만세(太平萬歲)'라고 쓰여진 글씨를 표현한 말인 듯하다.

金壺曙漏響丁東。　隊隊霞裙血色紅。
去若驚鴻當綉幕、　來如飛燕繞雕櫳。
銀鉤勢轉回羅袖、　玉筋痕生映綵籠。
朝野太平知幾歲、　聖人端坐五雲中。

정조 임금으로부터 칭찬을 듣고
同徐李二僚應敎獻詩並蒙奇才
  之襃不勝愧恧爲示此篇 _1789

모자라는 자질로 분수 넘치게 사신(詞臣) 되었더니
시를 빨리 지었다고 임금의 칭찬이 새로와라
물시계는 담 넘어 있고 초도 다 타서 짧은데
벽제 소리 자주 내며 임금께서 찾아오시곤 했지
두꺼비가 어쩌다 신마(神馬)의 걸음을 따랐을 뿐
완염 따위의 구슬이 어찌 연석의 보배와 다툴 건가
천고의 기이한 재주는 오직 소동파 한 사람이니
한꺼번에 세 사람씩이나 어찌 있으랴

踈姿叨濫厠詞臣。	七步章成睿獎新。
銀漏隔墻燒燭短、	紫衣穿院掣鈴頻。
蟾蜍偶趁飛黃步、	琬琰寧爭燕石珍。
千古奇才但蘇軾、	一時那得有三人。

∎
* 원 제목이 무척 길다. "서·이 두 동료와 함께 분부를 받고 시를 바쳤다가 다 함께 뛰어난 재주라는 칭찬을 얻고 부끄러움을 금치 못해 이 시를 지어 충정을 드러내다" 원주에 "서씨는 서영보(徐榮輔)이다."라고 밝혔다.

해미로 귀양보낸다는 교지를 받들고 도성문을 나서며 짓다

奉旨謫海美出都門作 _1790

난패[1]를 아득하게 이로부터 하직하니
대궐 숲의 꽃과 새들 좋은 철이 서글프구나
직첩을 회수 당하고 변방 귀양 재촉하니
책보따리 꾸려 묶고 힘없이 성곽 나서네
세상만사 영화로운 듯해도 치욕이 함께 붙고
임금 마음 노한 듯해도 사랑 진정 지니셨네
망춘정 정자 가의 붉은 비단 촛불 아래
향안[2] 주변 오가던 일이 꿈속처럼 아련하구나

蘭佩遙遙自此辭、	禁林花鳥悵佳時。
收回職牒投荒急、	裝束書囊出郭遲。
世事似榮眞寓辱、	君心如怒正含慈。
望春亭畔紅紗燭、	香案周還煙夢疑。

---

* 1790년 3월에 소관(小官)으로서 패초(牌招)를 어겼다 하여 해미현에 정배되었으나, 10일 만에 귀양이 풀려 돌아왔다. 3월 10일이었다. (원주)
1) 난패(蘭佩)는 난초를 허리에 찬다는 뜻으로, 고결한 은사의 행색을 형용할 때 쓰는 말이다. 이 시에서는 조정의 청직(淸職)을 가리킨 듯한데, 다산은 이때 예문관 검열로 있었다.
2) 향로를 올려두는 탁자로 임금이 거처하는 곳을 가리킨 말이다.

귀양간 지 열흘 만에 특별히 사면의 고지를 받다

在謫十日特蒙赦旨 _1790

탱자꽃 성마을에서 대궐 꿈을 꾸던 중
천상에서 금계[1] 움직여 금방 사면이 되었네
이웃에서 보내온 병술 아직 남았지만
보따리엔 객창의 시 지은 게 전혀 없구나
비 내린 산정에는 매실이 여물고
봄 지난 역마길엔 버들가지 늘어졌는데
돌보아주신 임금의 후한 은총 받았지만
황혼의 아름다운 만남에[2] 감히 가지 못하겠네

枳花城邑夢丹墀。	天上金鷄放未遲。
隣餽尙贏壺裏酒、	客游全少橐中詩。
山亭送雨團梅子、	驛路經春長柳絲。
縱荷荃心紆眷顧、	黃昏不敢赴佳期。

■
1) 천계성(天鷄星)이라고도 하는데, 이 별이 움직이면 반드시 사면령이 내린다고 한다.
2) 원문의 가기(佳期)는 서로 만나 즐거움을 나누자고 미인과 했던 약속이다. 저녁에 미인과 만나자고 약속한 자리에 감히 가지 못한다는 것은, 다산이 죄를 지어 귀양살이를 했던 몸이라 황공하여 임금의 곁에 가지 못하겠다는 뜻이다.

등창으로 죽은 아들을 슬퍼하면서
憶汝行 _1791

네가 나를 보내던 모습 생각이 나니
옷자락 부여잡고 놓아 주질 않았지
돌아와도 네 얼굴엔 기쁜 빛이 없고는
원망하듯 그리워하듯 그런 기색만 비쳤지
마마로 죽는 거야 내 어쩔 수 없다지만
등창으로 죽었다니 무언가 잘못됐구나
웅황을 썼더라면 나쁜 기운 다스려
그런 독이 남몰래 자랄 수 있었으랴
인삼 녹용이나 달여 먹여 볼 것을
냉약이 어찌 그리도 망할 약이던가
지난번 모진 괴로움 네가 겪고 있었을 적에
애비는 한창 질탕하게 즐기고 있었느니라
푸른 물결 한가운데서 장구치며 놀기도 했고
술집에서 기생 끼고 놀기도 했느니라
내 마음 거칠었으니 재앙받아 마땅하지
이러고야 제 어찌 징벌을 면할 건가

■
* 어린 아들 구장(懼牂)의 죽음을 슬퍼하여 지었다. 4월 초에 종기로 죽었는데 기유년(1789) 12월생이다. (원주)

내 너를 소내로 데리고 가서
서산 언덕 양지쪽에 묻어 주리라
나도 장차 거기 가서 늙을 터이니
이 애비 의지하고 고이 잠들어라

憶汝送我時、　　牽衣不相放。
及歸無歡顔、　　似有怨慕想。
死痘不奈何、　　死癗豈非枉。
雄黃利去惡、　　陰蝕何由長。
方將灌蔘茸、　　冷藥一何妄。
曩汝苦痛楚、　　我方愉佚宕。
撾鼓綠波中、　　攜妓紅樓上。
志荒宜受殃、　　惡能免懲创。
送汝苕川去、　　且就西丘葬。
吾將老此中、　　使汝有依仰。

샘물의 마음
詠水石絶句 _1794

1
샘물 마음은 언제나 샘 바깥 세상에 있어
돌 이빨이 제 아무리 가는 길 막더라도
천겹 험한 길을 이리저리 헤치고서
깊은 골짝 벗어나 평탄한 곳으로 달려가네

泉心常在外、　　　石齒苦遮前。
掉脫千重險、　　　夷然出洞天。

3
나그네 마음은 아무리 맑다 해도
깊고 맑은 물에겐 따를 수 없지
서리 맞은 단풍잎 그 그림자 물에 비쳐
노란 구슬 사이로 붉은 수정 섞인 듯해라

客心雖已淨、　　　猶未及澄泓。
强受霜林影、　　　黃璃間紫晶。

책을 팔아먹고 시를 지어
정곡에게 보여드리다

鬻書有作奉示貞谷 _1794

서갑 찌를 손질하고 뽀얀 먼지 털어내노라니
어린 딸 쓸쓸하게 책상머리에 앉아 있네
먹고 입는 일밖에 다른 일 없음을 차츰 알자
문장이란 게 사람에게 이롭지 못함이 느껴지네
늙어 총명 줄어드니 책을 어찌 보랴
어리석고 무딘 자식 몸 보전이나 걱정없어야지
단칼로 끊으려다 미련 아직 남아서
떠나보내는 마당에 매만지며 다시 잠깐 훑어보네

手整牙籤拂素塵、	蕭條女稚案頭陳。
漸知喫著無餘事、	深悟文章不利人。
老減聰明那對眼、	子生愚魯定安身。
快刀一斷猶牽戀、	臨別摩挲且暫親。

박학하신 성호 선생
博學 _1794

학문이 넓으신 성호 선생을[1]
백세의 스승으로 따르려 하네
등림[2]이 우거지면 열매가 많고
큰 나무도 울창하면 가지가 많다네
강(講)하는 자리에선 그 모습 준엄하고
투호(投壺)[3]할 때도 예법이 지극히 밝아라
고고한 그 풍모에 속인들은 놀랐지만
무리 속에 섞였으니 이 일 어찌할거나

博學星湖老、　　吾從百世師。
鄧林繁結子、　　喬木鬱生枝。
講席風儀峻、　　投壺禮法熙。
孤標驚俗眼、　　歷落竟何爲。

■
1) 실학자 이익(李瀷: 1681~1763)의 호. 다산은 평생 그를 사숙했다.
2) 초나라 북쪽에 있는 대나무숲.
3) 연회 때에 주인과 손님 사이에 행하던 유희. 화살처럼 만든 긴 막대기를 두 사람이 갈라가지고 병 속에 던져 넣어서 많이 넣은 사람이 이긴다.

암행어사가 되어 적성촌을 돌아보고
奉旨廉察到積城村舍作 _1794

시냇가에 뚝배기처럼 찌그러진 집이 있어
북풍에 이엉 걷히고 서까래만 앙상해라
묵은 재 위에 눈까지 덮여 부엌은 싸늘하고
체 눈처럼 뚫린 벽으론 별빛마저 스며드네
집안에 있는 거라야 너무나 썰렁해서
모조리 판대도 일여덟 푼 안 되겠네
삽살개 꼬리 같은 조 이삭 세 줄기에다
닭 염통 같은 고추 한 꿰미
깨진 항아리 새는 곳은 헝겊으로 때운데다
내려앉은 시렁일랑 새끼줄로 얽었구나
구리 수저 오래전에 이장에게 빼앗겼는데
이번엔 옆집 부자가 무쇠솥을 빼앗아갔네
닳아빠진 무명이불 겨우 한 채뿐이라서
부부유별 따지는 것도 이 집엔 안 어울려라
어린놈 해진 옷은 어깨 팔뚝 다 나왔고
날 때부터 바지 버선은 걸쳐 보지도 못했다네
큰놈은 다섯 살 때부터 기병으로 이름 올랐고
세 살 난 작은 놈도 군적(軍籍)에 들어 있어
두 아들 군포(軍布)로 오백 푼을 물고 나니
빨리 죽기나 바랄 뿐이지 옷을 따져 무엇하랴
새로 난 강아지 세 마리 아이들과 함께 자는데
호랑이는 밤마다 울 밖에서 부르짖네

남편은 나무하러 가고 아내는 방아품 팔러 가니
대낮에도 닫힌 문이 보기에도 참담해라
점심은 거른 채 밤에 와서 밥을 짓고
여름엔 갖옷 한 벌, 겨울엔 삼베옷일세
땅이나 녹아야 들냉이 싹날 테고
술이 익을 때라야 지게미라도 얻어 먹지
지난 봄에 꾸어다 먹은 환자쌀이 닷 말인데
금년도 이 꼴이니 살아갈 길 막연해라
나졸놈들 찾아오는 것만 겁날 뿐이지
관청 곤장 맞는 것쯤은 무섭지 않아라
오호라, 이런 집이 천지에 가득하니
바다처럼 깊은 궁궐서 어찌 다 살펴보랴
한(漢)나라 때 벼슬인 직지사자(直指使者)는
이천석 태수라도 맘대로 내쫓고 죽였었네
폐단과 어지러움 근본부터 제멋대로니
공수(龔遂)·황패(黃霸) 다시 살아난대도 바로잡기 어려워라.
정협의 유민도[1]를 오늘에도 본떠서
시 한 편에 그려내어 임금님께 바치리라

---

1) 송나라 때의 정치가 정협(鄭俠)이 백성의 비참한 모습을 그린 〈유민도(流民圖)〉를 신종(神宗)에게 바쳤다.

臨溪破屋如甆鉢、北風捲茅榱齾齾。
舊灰和雪竈口冷、壞壁透星篩眼谿。
室中所有太蕭條、變賣不抵錢七八。
尨尾三條山粟穎、雞心一串番椒辣。
破罌布糊敝穿漏、皮架索縛防墜脫。
銅匙舊遭里正攘、鐵鍋新被鄰豪奪。
青錦敝衾只一領、夫婦有別論非達。
兒穉穿襦露肩肘、生來不著袴與襪。
大兒五歲騎兵簽、小兒三歲軍官括。
兩兒歲貢錢五百、願渠速死況衣褐。
狗生三子兒共宿、豹虎夜夜籬邊喝。
郎去山樵婦傭舂、白晝掩門氣慘怛。
晝闕再食夜還炊、夏每一裘冬必葛。
野薺苗沈待地融、村窯糟出須酒醱。
餉米前春食五斗、此事今年定未活。
只怕邏卒到門扉、不愁縣閣受笞撻。
嗚呼此屋滿天地、九重如海那盡察。
直指使者漢時官、吏二千石專黜殺。
樊源亂本梦未正、龔黃復起難自拔。
遠摹鄭俠流民圖、聊寫新詩歸紫闥

굶주린 백성들
飢民詩 _1795

1
사람의 생명도 초목과 같아
물과 흙이 사지를 연명해 주네
힘껏 일해 땅의 털을 먹고서 사니
콩과 조가 바로 이것이건만
콩과 조도 주옥만큼 귀해졌으니
생기가 어디로부터 생겨날 건가
마른 목은 따오기 모양으로 길쭉하고
병든 살갗 기름져 닭살 같구나
우물이 있더라도 새벽에 길을 틈 없고
땔나무 있다지만 저녁밥 짓지 못해
사지는 비록 움직인다 하지만
혼자선 걸음걸이 옮길 수도 없게 됐네
넓은 들에 부는 바람 서글프기만 한데
애처로운 저 기러긴 석양에 어디로 가나
고을 원님 어진 정사 베푼다면서
사재 털어 굶주린 백성 구한다기에
걷고 또 걸어서 관청 문앞에 이르고 보니
오물오물 입만 쳐들고 죽솥으로 모여드네
개 돼지도 버리고 돌아보지 않을 것이
굶주린 사람 입엔 엿처럼 달기만 해라
어진 정사 베푸는 것도 바라지 않고
사재 털어 먹여 준대도 반갑지 않아라

관가의 돈궤짝 남이 엿볼까 두려워하니
우리들 굶게 한 것도 바로 이놈 아니더냐
관청 마굿간에서 아껴 기르는 살진 말도
참으로 우리들의 피와 살 아니더냐
슬피 울며 고을 문을 나섰다지만
어지럽고 캄캄해서 갈림길을 모르겠네
잔디 언덕 위에 잠시 머무르며
무릎 펴고 앉아서 우는 아이 달래었네
고개 숙여 어린놈의 서캐를 잡노라니
눈물이 두 줄기 비오듯 쏟아지네

人生若艸木、　　水土延其支。
俛焉食地毛、　　菽粟乃其宜。
菽粟如珠玉、　　榮衛何由滋。
槁項頻鵠形、　　病肉縐雞皮。
有井不晨汲、　　有薪不夜炊。
四肢雖得運、　　行步不自持。
曠野多悲風、　　哀鴻暮何之。
縣官行仁政、　　賑恤云捐私。
行行至縣門、　　喁喁就湯糜。
狗彘棄不顧、　　乃人甘如飴。
亦不願行仁、　　亦不願捐貲。

官篋惡人窺、　　豈非我所贏。
官廏愛馬肥、　　實爲我膚肌。
哀號出縣門、　　眩旋迷路歧。
暫就黃莎岸、　　舒膝挽啼兒。
低頭捕蟣蝨、　　汪然雙淚垂。

2
천지간의 그 큰 이치 너무나 아득해서
고금의 누구라고 알 수 있겠나
숲처럼 많은 백성들 태어났지만
초췌한 얼굴에다 온몸엔 상처뿐이니
갈대처럼 약해진 몸 가누지 못해
떠돌아다니는 백성들 거리마다 만난다네
이고 지고 나섰다지만 오라는 곳이 없어
어디로 가야 할지 끝내 모르겠네
부모 자식 부양도 할 수 없으니
액운이 너무나 심해 천륜마저 버리겠네
좀 산다던 농가도 이제는 거지가 되어
집마다 문 두드리며 서툰 말로 구걸하네
가난한 집 찾아갔단 오히려 하소연 들어주고
부자집 구걸 가긴 내키지 않아라
새가 아니라서 벌레도 쪼지 못하고
물고기가 아니라서 헤엄도 칠 수 없으니

얼굴빛은 처참하도록 누렇게 떴고
흰머리는 실낱처럼 흩어져 휘날리네
성현께서 어진 정사 베푸실 적엔
홀아비 과부 보살피라고 언제나 말씀하셨지만
굶어도 자기 한 몸만 굶으면 되니까
홀아비와 과부들이 오히려 부러워라
가족에 매일 걱정도 없으리니
어찌하여 일백 근심 생기겠는가
봄바람이 불면서 단비를 몰고 오면
초목마다 꽃 피면서 자라나리니
생기가 충만해져 온천지에 가득할 때
바로 이때 굶주린 자 먹여 살려야지
엄숙하신 조정의 어지신 분네들
나라의 안위(安危)가 경제에 달려 있다오
이 나라 백성들이 도탄에 빠졌으니
아들을 건져 줄 자는 그대들뿐이라오

悠悠大化理、　　今古有誰知。
林林生蒸民、　　憔悴含瘡痍。
槁莩弱不振、　　道塗逢流離。
負戴靡所聘、　　不知竟何之。
骨肉且莫保、　　迫厄傷天彝。
上農爲丐子、　　叩門拙言辭。

貧家反訴哀、　　　富家故自遲。
非鳥莫啄蟲、　　　非魚莫泳池。
顔色慘浮黃、　　　鬢髮如亂絲。
聖賢施仁政、　　　常言鰥寡悲。
鰥寡眞足羨、　　　飢亦是己飢。
令無家室累、　　　豈有逢百罹。
春風引好雨、　　　艸木發榮滋。
生意藹天地、　　　賑貸此其時。
肅肅廊廟賢、　　　經濟仗安危。
生靈在塗炭、　　　拯拔非公誰。

3
누렇게 뜬 얼굴들 생기라곤 볼 수 없어
가을도 되기 전에 시든 버드가지라오
구부러진 허리에다 걸음 디딜 힘도 없어
담벼락 붙안고서 겨우겨우 몸 가눈다오
부모 자식 사이에도 서로 돕지 못하는데
길 가는 나그네 이루 다 동정하랴
어렵게 사느라고 착한 본성 잃어버려
굶주리고 병든 자를 보고 담소만 하네
사방을 이리저리 떠돌며 다니니
이 마을 풍속이 본래부터 이랬던가
가지 끝에 앉아서 벌레라도 쪼아 먹는

저 들판의 참새들이 부럽기만 해라
붉은 대문 고관집엔 술과 고기 푸짐하고
거문고 피리에다 기생까지 맞아들였네
희희낙락 즐거운지 태평세월 모습 하고
나라정치 다하는 척 근엄한 척한다네
간사한 백성들은 거짓말만 좋아하고
세상 모르는 선비들은 시절만 걱정한다네
오곡이 풍성해서 지천으로 널렸으니
게으른 농부 굶는 것이야 제 잘못한 탓이지
수풀처럼 총총한 백성 어찌나 많은지
요·순도 모두에게 베풀지 못해 걱정했니라
하늘에서 곡식이 비처럼 오지 않으니
무슨 수로 이 흉년을 구하겠단 말인가
또 한 잔 술병을 기울이노라니
깃발도 봄바람에 춤을 추누나
저 구덩이에 묻힐 곳이 아직도 넉넉하니
사람이 한 번 죽는 거야 각오한 게 아닌가
내 비록 오매초[1] 가졌더라도
반드시 대궐에 바치진 않으리라
형제끼리도 서로들 아끼지 않는데
부모라고 어찌 다 사랑 베풀 수 있으랴

∎
1) 흉년에 곡식 대신 먹는 구황식품(救荒食品)의 하나.

黃馘索無光、枯柳先秋萎。
傴僂不成步、循墻強扶持。
骨肉不相保、行路那足悲。
生理梏天仁、談笑見尪羸。
宛轉之四鄰、里俗本如斯。
羨彼野田雀、啄蟲坐枯枝。
朱門多酒肉、絲管邀名姬。
熙熙太平象、儼儼廊廟姿。
奸民好詐言、迂儒多憂時。
五穀且如土、惰農自乏貲。
林蔥何其繁、堯舜病博施。
不有天雨粟、何以救歲飢。
且復倒一壺、曲旃春迷離。
溝壑有餘地、一死人所期。
雖有烏昧草、不必獻丹墀。
兄長不相憐、父母安施慈。

가난코 보니
歎貧 _1795

안빈낙도(安貧樂道)하리라 마음먹었지만
정작 가난코 보니 맘 편치 않네
마누라 한숨 소리에 문장도 꺾여지고
아이놈도 굶주리니 교육 엄케 못하겠구나
꽃과 나무 모두들 썰렁해 보이고
시도 책도 요즘은 시들키만 해라
부자집 담 밑에 보리가 쌓였다지만
들사람들 보기에만 좋을 뿐이라네

請事安貧語、　　貧來却未安。
妻咨文采屈、　　兒餒敎規寬。
花木渾蕭颼、　　詩書摠汗漫。
陶莊籬下麥、　　好付野人看。

시름겨워도
愁亦 _1795

시름겨워도 술은 마시지 않고
마시더라도 시는 짓지 않네
고즈넉한 남창 아래에
꽃송이 한 가지를 앉아서 보네

愁亦不飮酒、　　飮亦不賦詩。
寂莫南牕下、　　坐看花一枝。

술 취해 부르는 노래
醉歌行 _1795

긴긴 날 한 동이 술에
두 사람 마주 앉아 미친 듯 취하였네
마시면 미치고 미치면 더욱 마셔
부자되면 더 많은 돈 탐내는 것과 같네
그대에게 묻노니 어째 이리 미치는가
저 푸른 하늘이 열린 걸 보라
환한 해가 서편에 지면
밝은 달이 동으로 뜨네
졌다 떴다 또다시 뜨고 지지만
그 사이 영웅호걸 가고는 오지 않네
경선(經線) 사만 오천 리
위선(緯線) 사만 오천 리
이 사이에 한바탕 놀음판 벌여
어지러이 여러 사람들 놀다 가건만
한세상 몸 세워 신나게 놀다가도
홀연히 자취 감추니 너무나 적막해라
적막하게 묻힌 뒤론 다시 못 오고
고운 아내 예쁜 자식 모다 잃어버리니
적막하게 죽고 나면 무엇할꺼나
술이 백 말 있다 한들 무엇할꺼나
열 마리 말이 있다 한들 어찌 탈 거며
천금이 있다 한들 어찌 만지리요

농부가 소 끌고 와 무덤 위에 밭 갈아도
천둥소리 한번 질러 꾸짖지 못하리라
갑자기 성인이 될 수 없다면
본성을 잃은 것 아니겠는가
본성을 잃었다면 너 또한 미친 것이니
네가 만일 미쳤다면 참으로 나의 벗
우리 함께 십만 잔을 함께 마시지 않으려나

長日一尊酒、　　　　相對兩狂客。
飮酒成狂狂益飮、　　如財旣富愈貪獲。
問君緣何狂、　　　　視彼天宇闊。
白日西逝、　　　　　明月東來。
西逝東來來復去、　　其間俊傑去不回。
經線四萬五千里、　　緯線四萬五千里。
設此一戲場、　　　　紛然衆戲子。
倏爾現身馳驤驤、　　忽爾匿跡寥寥藏。
寥寥藏遂不出、　　　艷妻美子渾相失。
寥寥藏可奈何、　　　有酒百斗當奈何。
有馬十乘能騎跨、　　有金千鎰能摩挲。
有夫挈牛來耕面上土、何不一聲霹靂嚴叱呵。
若非猝成聖、　　　　無乃失其性。
失其性汝亦狂、　　　汝若狂眞我友。
何不與我二人共飮百千觴。

그림에다
題畫 五首 _1795

1
초가 한간 정자가 물가에 서 있네
그대 집은 어디길래 돌아갈 생각 않나
책장은 넘긴다지만 읽을 생각 없어 뵈니
시냇가 위쪽으로 몇몇 산이 있어선지

臨水茅亭只一間。　　君家何在欲無還。
攤書不見看書意、　　爲有溪頭數點山。

어린 아들
穉子 _1795

얼굴도 예쁜 어린 내 아들
날씨가 맑건 흐리건 걱정치 않네
풀밭이 따스하면 송아지처럼 달리고
과일이 익으면 원숭이처럼 나무를 타네
언덕배기 집에서 쑥대 화살 날리고
시냇가 웅덩이에 풀잎배를 띄우네
어지럽게 세상에 매인 사람들
너와 함께 놀기를 어찌 견디랴

穉子美顔色、　　　陰晴了不憂。
草暄奔似犢、　　　果熟挂如猴。
岸屋流蓬矢、　　　溪坳汎芥舟。
紛紛維世者、　　　堪與爾同游。

돈 있어도 안 되는 일이 있네
古詩 二十四首 _1795

6
돈 있으면 안 죽인단
옛사람 말도 있지만[1)]
돈으로 목숨도 살릴 수 있다면야
돈 때문에 죽는 일 어찌 없으랴
나쁜 놈들이 내 재산만 탐내니
금곡의 부자 석숭도 끝내는 어찌 되었나
부잣집 늙은이들 보니
다 늙도록 자식 없는 집이 많아서
양식이 있다지만 먹어 줄 사람 없고
입이 있다지만 먹여 줄 손자 없구나
천하에 모두 갖춘 복 없는 법이거늘
좀스런 마음으론 이 이치 알 수 없어라

古人亦有言、　　千金不死市。
固有金以活、　　豈無金以死。
奴輩利吾財、　　金谷竟何似。
吾觀富家翁、　　抵老多無子。
有飯患無腹、　　有口患無餌。
天下無純嘏、　　蓬心懵此理。

---

1) 《사기》에 "천금을 가진 자는 사형당하지 않는다"는 말이 있다.

고관집 아들
古詩 二十四首 _1795

15
고관집 대문 안에 아이가 태어나면
땅에 떨어지지마자 당장 귀한 몸 되네
아이 때부터 아랫사람 꾸짖는 법을 가르치니
총각이 되면 벌써 오만스레 고갤 세우네
아첨하는 식객들이 구름처럼 모여들어
팔찌도 걸어 주고 버선까지 신겨 주네
잠자리서 너무 일찍 일어나지 못하게 하니
아들이 병이라도 날까 두려워서라네
높은 벼슬 저절로 굴러들 테니
애써가며 글공부를 쌓지도 않네
그 아이가 자라더니 과연 드날려
말 탄 채로 대궐에 들어가더라
말 달리는 게 마치 나는 용 같아
네 다리가 하나도 땅에 닿지 않더라

兒生在高門、　　落地便貴骨。
孩提教罵人、　　總角已傲兀。
諛客如浮雲、　　帣鞲親結襪。
且臥勿早起、　　恐子病患發。
毋苦績文史、　　自然有簪笏。
兒長果登揚、　　騎馬入東闕。
馬走如飛龍、　　四足無一蹶。

양식 걱정
古詩 二十四首 _1795

20
농가에 보리가 익기 전이라
농사꾼들 양식 걱정에 정신이 없네
본래는 양식 위해 농사를 짓는다지만
도리어 농사짓기 위해 양식 걱정 해야 된다네
양식과 농사가 서로 물고 도는 통에
이렇게 살면서 늙기에 이르렀네
성품 닦기 위해서 농사 지었던가
그걸로 창자나 채우면 족한 것이지
사람이 천지간에 태어났다면서
이렇게만 살기엔 너무 쓸쓸치 않은가

農家麥未登、　　農糧費商量。
本爲糧作農、　　還爲農憂糧。
循環互爲根、　　攜汝至耄荒。
農豈養性者、　　諒亦以充腸。
人生天地間、　　無乃太倀倀。

지방으로 내보내 금정도 찰방에 보임한다는 임금의 엄중한 분부를 받고 해질 무렵 동작나루를 건너며 짓다
有嚴旨出補金井道察訪晚渡銅雀津作 _1795

동작나루에 해질 무렵 물결이 출렁이는데
종남산의 옛 동산은 배꼬리에 멀어지네
수양버들 들다리에 소나기 쏟아지고
엷은 안개 도성 대궐에 황혼이 가깝구나
금마문의 대조[1]만 좋은 계책 아니니
바닷가 역마을로 좌천된 것도 성은일세
그 지방의 천주교도 깨닫지 못했단 말 들리니
이 걸음이 회양태수 급암[2]과 비슷하구나

■
* 건륭(乾隆) 을묘년 7월 26일이었다. (원주)
1) 한나라 무제(漢武帝)가 대완(大宛)의 말을 얻고 그 기념으로 동상을 만들어 노반문(魯班門) 밖에 세우고 그 문을 금마문이라 불렀다, 대조(待詔)는 황제의 조명(詔命)을 대기한다는 말인데, 당시에 황제의 총애를 받았던 동방삭(東方朔)·주보언(主父偃)·엄안(嚴安)·서락(徐樂) 등이 모두 금마문에서 조명을 대기하였다는 데서 나온 말이다.
2) 급암(汲黯)은 한나라 무제(漢武帝) 때 구경(九卿)을 지냈는데 바른말을 너무 잘해, 무제가 겉으로는 존경하면서도 좋아하지 않아 벼슬을 환수하고 내쫓았다. 회양 지방의 백성들이 돈을 비밀리에 주조하고 관리와 백성들간에 알력이 있자 그를 다시 불러 회양태수로 삼아 내려보냈는데, 그는 과연 정사를 잘하여 치적을 이루었다.《사기(史記)》권120〈급암전(汲黯傳)〉에 그 이야기가 실려 있다.

銅津斜日浪花翻。船尾終南是故園。
垂柳野橋猶白雨、澹煙城闕近黃昏。
金門待詔非長策、水驛投荒也聖恩。
聞說西人迷不悟、此行還似出淮藩。

평택에서
次平澤縣 _1795

올해엔 바닷가에 비가 덜 내려
논마다 메밀꽃이 하얗게 피었구나
먹는 곡식 같지 않고 들풀과 같아
메밀대 붉은 다리가 저녁노을에 처량해라
늦게야 심은 모가 겨우 서너 치 푸르르니
벼 대신 메밀 심지 못한 게 후회스러워라
메밀 익은 뒤 장에 가서 쌀과 바꾸면
올 가을 환자쌀이야 어찌 갚을 수 없을 텐가

今年海壖慳雨澤。　水田處處蕎花白。
不似嘉穀似野草、　凄凉落日群腓赤。
或種晚秧靑數寸、　悔不種蕎如彼碩。
蕎成走市換稻米、　秋來豈不克縣糴。

내 신세를 비웃으며
自笑 _1795

내 인생이 우스워라, 머리도 희기 전에
태항산 올라가는 고달픈 신세 되었구나
천 권 책 독파하여 대궐에 들었지만
푸른 산 속에 집 한 간을 사두긴 했네
혼자 몸으로 그림자 끌고 바닷가까지 쫓겨 왔지만
비방은 명성 따라 인간세상에 가득 찼구나
다락에서 비를 만나 높은 곳에 눕고 보니
하루종일 한가로운 마부 신세 같아라

自笑吾生鬢未班。 太行車轍苦間關。
破書千卷入金闕、 買宅一區留碧山。
形與影鄰來海上、 謗隨名至滿人間。
小樓値雨成高臥、 似是馬曹終日閒。

바보처럼 살아야겠네
擬古 二首 _1795

2
번쩍이는 비단옷 입고
말 탄 채로 종로길 달리고파라
대궐문 앞에서 말을 내려
성큼성큼 궁중을 걸어 들어가고파라
그 어찌 통쾌한 일 아닐까마는
어쩌면 후환이 있을지도 모를레라
잠시 동안 물러나 수양이나 하면서
마치 바보나 된 것처럼 사는 게 좋겠네
조용히 지내면서 아무런 일 하지 않고
꼭 하고픈 일 욕심도 내지 않는다면
세상살기 제 아무리 험하다 해도
썩은 선비 이 한 몸이야 받아 줄 테지
그래도 서로를 용서하지 못한다면
운명이 그러려니 즐기며 견디리라

燁然衣錦衣、 乘馬馳雲衢。
下馬入君門、 冉冉庭中趨。
豈不一快意、 或者有後虞。
不如且暫退、 養拙守其愚。
寧靜無所營、 澹泊無所須。
世途雖局促、 庶容一腐儒。
若復不相恕、 命也亦樂夫。

이주신 집에 동인들이 모여서
李周臣宅小集 _1796

편안한 산속이라 초가집 그윽한데다
작은 뜰엔 느릅나무 버드나무가 저물도록 그늘졌네
참외와 채소가 많으니 고향이나 옮겨온 듯
문학이 온화하기에 손님들을 모았네
구름 사이로 새나온 햇빛에 꽃잎 더욱 새롭고
가랑비 오려는지 나뭇잎이 먼저 우네
바윗길 너무 험해 나귀 타야 올 곳이지만
다시금 거문고 안고 달밤에 찾아오리라

醞藉溪山草閣深。　　小庭楡柳晚交陰。
瓜蔬錯落移鄕井、　　翰墨雍容聚士林。
漏日遠明花更色、　　輕霏欲度葉先吟。
巖蹊犖确宜驢步、　　且抱幽琴月夜尋。

가을 바람은 벽오동 가지에 불어오고

秋夜竹欄小集每得一篇南皐爲余朗誦其聲淸
切哀婉令人泣下要聞其聲戲爲絕句意不在詩
遂多蕪拙本十九首今刪之錄 十首 _1796

2
가을 바람은 벽오동 가지에 불어오고
서북 하늘엔 몇 조각 구름이 떠다니네
구관조여 구관조¹⁾여, 벽오동에 앉아 울지 말거라
단산의 늙은 봉황이 슬픔 이기지 못하리라

秋風吹入碧梧枝。　　西北浮雲片片移。
愼莫啼留秦吉了、　　丹山老鳳不勝悲。

∎
* 원제목이 무척 길다. 「가을밤 죽란사 모임에서 시 한 수가 지어질 때마다 남고(南皐)가 날 위해 낭송을 했는데 그 목소리가 맑고도 애절하여 사람을 눈물나게 만들었다. 그리하여 그 소리를 듣기 위해 장난삼아 절구(絕句)를 읊어본 것이지 원래 시를 꼭 쓰려는 생각이 아니었기 때문에, 뜻이 거칠고 졸작이 많다. 원래는 19수였는데 지금 다 지워 버리고 10수만 남겼다.
1) 원문의 진길료는 새의 이름이다.《이아익(爾雅翼)》에, "진중(秦中)에 길료조(吉了鳥)라는 새가 있는데, 털 빛이 검은 것은 대개 구욕새와 비슷하나 양쪽 귀가 사람의 귀처럼 생긴 것이 붉다." 하였다. 구관조(九官鳥)라고도 한다.《유원(類苑)》권42〈조수문(鳥獸門)〉.

5
용문산 북녘에서도 깊은 골짜기 서쪽에
돌밭 서너 마지기 일구었지
초가집에 무궁화 울타리 언제나 한가로운 곳
가을이 오면 나뭇잎들이 바위틈 오솔길에 가득 깔리지

龍門山北粤溪西。　　却有石田三兩畦。
茅屋槿籬閒自在、　　秋來木葉滿巖蹊。

국화가 활짝 피었다고 벗들이 찾아왔는데
竹欄菊花盛開同數子夜飮 _1796

1
가을은 되었다지만 쌀은 오히려 귀한데
우리 집 가난해도 꽃은 더욱 많아라
국화가 활짝 피어 가을이 둘러싸인 곳을
벗들이 알고서 밤중에 몰려들었네
술을 퍼부으면 시름이 다할 것인지
시를 지었다 해도 그 무엇이 즐거우랴
한치응은 올바르고 묵직한 선비이건만
요즈음 시를 지으면 미친 듯 노래하네

歲熟米還貴、	家貧花更多。
花開秋色裏、	親識夜相過。
酒瀉兼愁盡、	詩成奈樂何。
韓生頗雅重、	近日亦狂歌。

∎
* 주신(周臣)·혜보(溪甫)·무구(无咎)이다. (원주)

어찌 통쾌한 일 아니겠는가
不亦快哉行 二十首 _1796

2
산골짝 푸른 시내를 첩첩 돌이 가로막아
가득히 고인 물이 막혀서 돌아드네
긴 삽 들고 일어나서 흙무더기 터뜨리니
천둥처럼 소리치며 쏜살같이 흘러가누나
이 어찌 통쾌한 일 아니겠는가

疊石橫堤碧澗隈。　　盈盈瀦水鬱盤廻。
長鑱起作囊沙决、　　澎湃奔流勢若雷。
不亦快哉。

8
이웃집 처마끝이 마당 앞을 가로막아
가을날도 바람 없고 맑은 날도 그늘지네
백금 주고 그 집 사서 당장에 헐어버려
먼 산 봉우리가 눈앞에 가득 보인다면
이 어찌 통쾌한 일 아니겠는가

鄰人屋角障庭心。　　涼日無風晴日陰。
請買百金纔毀去、　　眼前無數得遙岑。
不亦快哉。

17
집안 살림 모두 팔아 봇짐을 꾸리고서
구름처럼 한가로이 타향을 떠돌다가
실패한 옛 친구를 길에서 만났기에
돈자루 다 털어서 열 냥을 주었다네
이 어찌 통쾌한 일 아니겠는가

落盡家貨結客裝。　　　雲游蹤跡轉他鄕。
路逢失志平生友、　　　交與囊中十錠黃。
不亦快哉。

20
먼곳으로 귀양 와서 대궐 생각 그지없어
등잔 심지 자르면서 나 혼자 잠 못 이루는데
갑자기 금닭 울어 기쁜 소식 전하려나
집에서 부친 편지 내 손으로 뜯는다네
이 어찌 통쾌한 일 아니겠는가

異方遷謫戀觚稜。　　　旅館無眠獨剪燈。
忽聽金鷄傳喜報、　　　家書手自啓緘縢。
不亦快哉。

금을 캔다고 사람만 버렸네
筇谷行 呈遂安守 _1797

언진산 높은 곳에 홀곡(筇谷)은 깊고 깊어
온산이 골짝마다 모두 다 황금이라네
물 걸고 모래 이니 별처럼 반짝반짝
외씨 같은 사금(沙金) 가루 눈앞에 어지러워라
돈 구덩이 팔 때마다 천지가 수척해지고
다투어 찍는 도끼질에 산신령도 쪼개지네
밑으론 황천까지 위로는 하늘까지
깊은 골짝에 불꽃 튀어 산줄기가 끊어졌어라
살과 힘줄 찢겨서 골짜기만 깊어졌고
해골에다 갈비뼈만 앙상하게 드러났어라
산정(山精)은 가지 끝에 슬피 울며 앉았고
도깨비는 대낮에도 어지러이 달아나네
살인범에 도적들까지 구름처럼 모여드니
남몰래 끌어들여 숨겨 주고 감춰 주네
파헤친 구덩이가 팔·구천에 이르러
벌 모이듯 개미 고이듯 한 고을이 이뤄지니
노래소리 피리소리 달밤에 어지럽고
꽃 핀 아침 잔치상엔 술과 고기 향그러워라
이름난 기생들이 날마다 모여들수록
평안도 다른 고을은 더더욱 시들어가네

∎
✽ 곡산부사 정약용이 수안군수에게 지어준 시이다.

농가에서 머슴을 구해도 품팔 사람 나서지 않고
하루에 백 전 삯도 마다하는 형편이니
마을은 피폐하고 논·밭은 거칠어져
잡초만 우거진 황무지가 되었구나
산과 연못의 이익이라면 모두가 나라의 것
어찌 교활한 자가 제멋대로 한단 말인가
새로 오신 사또님을 백성들 눈 부비며 기다리니
금 구덩이 메우시고 논밭 일이나 재촉하소

彦眞山高笻谷深。　山根谷隧皆黃金。
淘沙盝水星采現、　瓜子麩粒紛昭森。
利寶一鑿混沌瘠。　快斧爭飛巨靈劈。
下達黃泉上徹霄、　洞穴睒睒絶地脈。
筋膚齧蝕交嵆斜。　髑髏脊䏶森杈枒。
山精啾唧著樹杪、　鬼魅晝騁多啼鴉。
椎埋窃發蔚雲集。　藏命匿姦潛引汲。
穿窯鑿窨八九千、　蜂屯蟻聚成遂邑。
歌管嘲轟弄淸宵。　酒肉芬芳宴花朝。
名娼妙妓日走萃、　西關郡縣色蕭條。
農家募雇無人應。　日傭百錢猶不肯。
村閻破柝田疇蕪、　蒿萊犖确成荒磴。
山澤之利本宜榷。　豈令狡獪恣所專。
太守新來民拭目、　煩公夷坎塞卄催畊田。

천용자 노래
天慵子歌 _1798

천용자는 자가 천용(天慵)인데
많은 사람들이 어리석다 손가락질하네
평생동안 갓과 망건을 써본 적 없어
마주하면 헝클어진 머리 심란스럽네
술 마실 땐 입술에서 곧장 배로 집어넣지
달거나 시거나 싱겁거나 진하거나
쌀술이건 보리술이건 가리지 않지
고양이 눈 같은 청주도, 고름 같은 탁주도
가야금 한 장 어깨에 둘러메고
왼손엔 피리 하나, 오른손엔 지팡이 하나
봄바람엔 묘향산 삼십육 동부(洞府)
가을 달엔 금강산 일만이천봉
가야금 뜯고 피리 불면서
구름 속에 노닐다가 노을에 자고
산길엔 숲을 뒤져 잠자는 범 찾아내고
물길엔 돌을 굴려 웅덩이 용 놀래네
떠날 때 무명 두루마기 거지에게 줘버리고
해진 옷과 바꿔 입어 성한 데 하나 없네
집에 오면 아내는 바가지 박박 긁어
땅을 치고 하늘에 울며 가슴 치건만
천용자는 묵묵히 대답도 않고
고개 숙여 순하고 또 공손하네

길에서 주워온 한 주먹 괴석(怪石)을
자루에서 꺼내 보석처럼 쓰다듬네
배 고프면 이웃집에 곧장 달려가
새로 빚은 막걸리 서너 사발 얻어 마시고
얼큰하면 소리 높여 노래 부르니
높은 곡조는 이칙에, 느린 곡조는 임종에 맞네
노래 끝나면 종이 찾아 묵화(墨畵) 치는데
가파른 봉우리에 성난 바윗돌, 급한 여울에 늙은 소나무
뇌성벽력 천둥소리 음산하게 그렸다가
눈 녹은 높은 산 조촐하게 그리네.
해묵은 칡덩굴 얽힌 모습 그리다가
송골매 보라매가 싸우는 모습도 그리네
구름 타고 하늘 나는 신선을 그릴 제면
새하얀 수염이 찌를 듯이 곤두서네
초라한 스님 오뚝이 앉아 등 가려워 긁는 모습 그리는데
상어 뺨에 원숭이 어깨 비뚤어진 입에 속눈썹이 눈을 덮은
   궁상스런 꼴일세
용 귀신이 불 뿜으며 뱀과 싸우는 모습 그리다가
요사스런 두꺼비가 달 파먹어 토끼 방아 침노하는 모습도
   그리지만
아낙네와 모란꽃, 작약꽃, 홍부용은
두 팔이 잘린대도 그리려 들지 않네

외상 술값 갚으려고 그림을 팔지만
하루 벌면 하루 술값으로 다 날려버리네
이름이 관가에 알려지길 꺼려해
관가에 알리는 자 있으면 노기가 칼날 같네
상산에[1] 부임한 지 두 해가 지나
누각 세우고 연못 파서 백성과 만물이 어울렸는데
천용자 찾아와서 관아 문 두드리며
사또님 만나자고 큰소리로 외쳐대네
돌계단 곧장 올라 다락으로 드는데
버선 안 걸친 붉은 다리가 시골 농부와 같네
절도 읍(揖)도 하지 않고 두 다리 뻗고 웃으며
거듭 하는 말이라곤 술 달라는 소리뿐
맑은 바람이 사방에서 시원하게 불어오니
여느 사람 아닌 줄 첫눈에 알아보고
손 잡고 가슴 열어 큰 포부 털어놓으며
비오는 아침 달 뜨는 저녁 언제나 서로 어울렸네
배우지 못한 미명(彌明)이 한유(韓愈)를 굽혔고[2]

■
1) 상산(象山)은 황해도 곡산군의 옛이름이다. 다산이 군수로 부임한 당시의 객관 이름도 상산관(象山館)이었다.
2) 형산(衡山)의 도사 미명이 한유의 제자들과 석정(石鼎)이란 제목으로 연구(聯句)를 지어, 한유의 제자들을 굴복시켰다.

지공(支公)이 대옹(戴顒)을3) 찾아온 것 같았네
천용자는 장씨(張氏) 성인데
고향을 물었더니 입을 다물었네

天慵子字天慵。	千人競指爲癡惷。
生來不用巾網首、	對面蓬髮愁鬔鬆。
酒不經脣直入肚、	不省甛酸與醶醲。
稻沈麥仰斯無擇、	淸如猫睛濁如膿。
肩荷伽倻琴一尾、	左手一笛右一節。
春風妙香三十六洞府、	秋月金剛一萬二千峯。
彈絲吹竹劃長嘯、	雲游霞宿無停蹤。
山行朴朔搜林覓睡虎、	水行砰訇碾石駭湫龍。
去時綿裘施行丐、	換着敗衣襤褸無完縫。
歸來入室妻苦罵、	嚗嚗叩地叫天摽其胸。
天慵子默不答、	俛首摧眉順且恭。
道拾一拳怪石至、	方且解橐摩弄如璜琮。
飢來走隣屋、	乞飮新醅一二三四鍾。
酒酣發高唱、	激者中夷則徐者中林鍾。
歌竟索紙蘸筆爲墨畫、	畫出峭峯怒石急泉與古松。

▪
3) 대옹(戴顒)은 대규(戴逵)의 아들인데, 아버지의 뒤를 이어 벼슬하지 않고
  음율(音律)에 능했으며 국가에서 누차 불렀으나 나아가지 않았다.

震霆霹靂黑陰慘、冰雪淞渐皎竉嵷。
或畫壽藤怪蔓相糾縮、或畫快鶻俊鷹相撞摐。
或畫遊仙躡空放雲氣、須眉葩髿森欲衝。
或畫窮僧兀坐搔背癢、鯊腮攫肩喝肙盍睫酸態濃。
或畫龍鬼噴火鬥蛇怪、或畫妖蟆蝕月侵兔舂。
斷捥不肯畫婦女、與畫牧丹勺藥紅芙蓉。
亦肯賣畫當酒債、一日但酬一日傭。
常恐姓名到官府、有欲告者怒氣勃勃如劍鋒。
我來象山越二歲、建閣穿池民物雍。
天慵子來叩闌、大聲叫我與官逢。
直躡曾階入重閣、赤脚不襪如野農。
不拜不揖箕踞笑、但道乞酒語重重。
清風洒然吹四座、一見斂膝知非庸。
握手開襟寫磈磊、雨朝月夕常相從。
不學彌明枉韓愈、頗似支公訪戴顒。
天慵子張其姓、試問鄉里其口封。

꿩 잡는 매
和崔斯文游獵篇 _1798

매잡이가 매를 메고 높은 산으로 올라가면
사냥꾼은 개를 몰고 숲속으로 들어가네
깍깍 꿩들이 울며 산골짝으로 날아가니
날개 치며 오는 매가 바람처럼 날쌔구나
날다 지친 꿩들은 혼비백산 숨지만
아래로 덮치려고 매는 솟아오르네
번갯불 번쩍하듯 살펴볼 수 없기에
멀찍이 빈 산속에 홀로 앉아 있었지
오호라 꿩의 죄는 용서하기 어려워라
매가 꿩 때려잡은 것 정말 잘한 일이지
남의 곡식 훔쳐 먹으면서도 깨끗한 척하고
질쌈도 하지 않으며 고운 옷만 입었었지
꿩의 털·핏방울까지 들판에 통쾌히 뿌렸으니
봉황이 듣는다면 너의 충성 칭찬하리라

鷹師臂鷹登高崧。 佃夫嗾犬行林叢。
雉飛角角流山曲、 鷹來翃翃如飄風。
力盡魂飛雉伏莽、 鷹將下擊還騰空。
霹火閃爍不可諦、 蒼茫獨坐空山中。
嗚呼雉罪誠難赦、 鷹兮搏擊眞豪雄。
啄粒猶窃耿介譽、 鮮衣不勞組織工。
快向平蕪洒毛血、 鳳凰聞之謂鷹忠。

갈현동에 들어서며
入葛玄洞 _1799

비탈진 오솔길 아래 푸른 시내 외나무다리
동구 밖 푸른 산엔 구름과 노을 싸였구나
샘이 맑아 들여다보니 조약돌 깔려 있고
봄은 이미 지났건만 철쭉이 피었어라
화전(火田) 연기 골에 덮여 갈 길이 희미한데
시냇물 건너 저 초가집은 누가 사는 집일까
늘그막에 살 곳을 곰곰이 생각다가
산속이 물가보다 나은 줄 알겠어라

碧澗橫槎小逕斜。　　洞門蒼翠積雲霞。
泉淸會有坡陀石、　　春盡猶餘躑躅花。
入谷菑煙迷去路、　　隔溪茅屋是誰家。
晩年卜宅商量熟、　　終覺山間勝水涯。

살림 차린 옛종의 집을 찾아와서
宿平邱 _1799

옛종 최가야, 너와 헤어진 십여 년 만에
오늘밤 찾아와 네 집에서 자는구나
너 이제 집을 이뤄 살림살이 넉넉하니
시렁 위에 단지 그릇 모두가 빛나누나
밭에는 채소 심고 논에는 벼를 심어
아내는 주막일에다 아이놈은 배를 타니
위로는 매질 없고 아래로도 빚이 없어
한평생 호탕하게 강호생활 즐기는구나
내 비록 벼슬한다지만 무슨 도움이 되겠나
나이 마흔 다 되도록 괴로움만 더해 가네
천 권 책을 읽었다지만 처자는 여전히 굶주리고
군수 생활 삼 년에도 땅 마지기 못 챙겼네
흘겨보는 눈길이 온세상에 가득하여
초췌한 얼굴로 늘상 대문은 닫고 산다네
너와 나를 재어 보고 달아 보아도
일백번 네가 낫고 내가 못하니
때마침 가을 바람에 농어회 옛일[1] 빌어다가
부끄러움 씻고서 너와 함께 살아 보리라

■
1) 중국 진(晋)나라 때에 장한(張翰)이 고향의 순채국과 농어회를 먹으려고 벼슬을 버리고 고향으로 돌아갔다.

奴崔與汝別十年。
汝今築室乃弘敞、
沙田種菜水種稻、
上無笞罵下無債、
我雖簪笏將何補、
讀書千卷不救飢、
白眼瞠盱滿世間、
度絜衡秤與汝爭、
秋風會借蓴鱸興、

今宵我來汝家眠。
瓶罌桁卓皆華鮮。
教妾當壚兒騎船。
一生浩蕩江湖邊。
行年四十猶煩苦。
佩符三歲無寸土。
朱顏憔悴常閉戶。
我眞百輸汝百贏。
雪耻酬憤與汝幷。

국화가 피었기에 혜보·무구와 함께 죽란사에서 모임을 갖다
菊花同徯父无咎竹欄宴集 _1799

예전에 빚은 국화주를
올해엔 조금씩만 잔을 기울이네
남고[1]는 오히려 《예기》를 읽으려고
동협으로 돌아가 밭 갈고 있겠지
남고 없는 성읍엔 풍류도 줄었지만
산림의 기상은 옛모습 그대로구나
그윽한 국화 향기 아직 다하지 않았건만
벌써 한 해가 저물어 추워졌구나

舊日黃花酒、　　今年只細傾。
南皐猶讀禮、　　東峽已歸畊。
城邑風流減、　　山林氣象贏。
幽香雖未歇、　　亦旣歲崢嶸。

---

1) 다산의 집에서 주로 모였던 죽란시사(竹欄詩社)에 동인(同人)이 아니면서도 참가했던 윤지범(尹持範: 1752~1846)의 호. 다산보다 십 년이 위였으므로 사백으로 추대하였다.

저물녘 강언덕에 나와서
晩出江皐 _1800

꽃 아직 남았으니 봄날이건만
벼슬 버린 이 몸은 들판의 농부라네
우연히 오솔길[1] 따라 나가 봤더니
봄구경하는 이들 몇 사람이 있구나
강언덕의 이삭은 파릇이 올라오고
모래밭의 꽃들은 아직 붉지 않았으니
조각배야 아랫녘으로 내려가지 말거라
한강 어귀에 하늬바람이 불리라

花在猶春日、　　官休卽野農。
偶從三徑出、　　幸與數人同。
岸穗初抽綠、　　沙茸未展紅。
孤舟莫下峽、　　洌口有西風。

---

1) 세상을 벗어나 묻혀 사는 선비의 뜨락을 뜻한다. 한(漢)나라 장후(蔣詡)가 정원 가운데 소나무·대나무·국화를 심고 그 사이로 오솔길을 냈으며, 도연명(陶淵明)도 〈귀거래사〉에서 자기 집을 이렇게 그렸다.

바람이 괴롭히네
苦風 _1800

티끌세상 번잡스러워 잠시 떠나 있으려니
강바람이 다시금 세차게 불어 대네
산에는 나뭇잎들 어지러이 흩날리고
들에선 붉은 꽃잎들 발길마다 차여 딩구네
농사꾼들은 하늘 뜻 의아해 하고
고기잡이 나무꾼들도 햇볕 안 나 안타까와라
음양을 다스리는[1] 재상이 조정에 있으니
사립문 닫아 걸고 기다려 보리라

暫欲辭塵雜、	江風復盛威。
白翻山葉亂、	紅蹴野花飛。
稼穡疑天意、	漁樵惜日暉。
巖廊有燮理、	且可掩柴扉。

■
1) 태사와 태부·태보를 세웠으니 이들이 바로 삼공(三公)이라, 도를 논하고 나라를 경륜하며 음양의 조화를 다스린다.《서경》

벼슬을 내어놓고 돌아와서
奉和季父韻 _1800

벼슬길에 꿈 꾸면 고향의 푸른 산 맴돌았지
허술한 집이나마 비바람 막을 수 있어 처자식 이끌고 돌아
 왔네
내 재주 원래가 모자라니 벼슬 일찍 버린 것도 아쉽지 않아라
내 본성 원래 옹졸하니 한세상 건너기가 어려운 걸 알겠구나
마을에 잔치 벌이니 고향 사람들 백안시하지 않고
고깃배에 술 취하여 얼굴들 모두 붉어라
선인들 남기신 글 다시금 읽어 가며
남은 생애 이 가운데다 내어맡기리라

羈夢棲棲繞碧山。	敝廬風雨挈家還。
才踈敢惜休官早、	性拙深知涉世艱。
鄉里開筵無白眼、	釣船沽酒每朱顔。
殘書點撿先人跡、	已辦餘生付此間。

■
 * 정조(正祖)가 승하하기 직전에 다산은 신변의 위협을 느꼈다. 그래서 이
 해 봄에 처자를 이끌고 고향인 소내(苕川)로 돌아왔다.

돛단배를 타고 서울을 떠나며
古意 _1800

한강물 흘러흘러 그치지 않고
삼각산 높고 높아 끝이 없는 곳
강산도 십 년이면 바뀐다지만
이 무리들 못된 짓은 그칠 날 없네
한 사람이 간악한 물여우 되어
이 주둥이 저 주둥이 독을 전하니
간사한 자 벌써 다 득세한 뒤에
정직한 자 그 어느 곳에 몸 붙일 건가
외로운 난새는 깃털이 연약해서
가시밭 험한 길을 견딜 수 없네
돛단배 타고 바람 부는 대로 몸을 내맡기고
아득히 서울을 떠나려 하네
떠돌리라곤 생각도 못한 짓이건만
이제 더 머뭇거리다간 좋을 게 없어라
범 같은 자들이 대궐 문을 지켜 섰으니
이 내 속마음을 무슨 수로 전할 건가
옛사람의 지극한 가르침 있으니
향원[1]이 바로 덕(德)의 적이라 했네

---

1) 착하긴 하지만 줏대없이 남들의 비위만 맞추는 위선자. 이 구절은《논어》〈양화(陽貨)〉에 나온다.

洌水流不息、　三角高無極。
河山有遷變、　朋淫破無日。
一夫作射工、　衆喙遞傳驛。
詖邪旣得志、　正直安所宅。
孤鸞羽毛弱、　未堪受枳棘。
聊乘一帆風、　杳杳辭京國。
放浪非敢慕、　濡滯諒無益。
虎豹守天閽、　何鯀達衷臆。
古人有至訓、　鄉愿德之賊。

졸곡하고 소내로 돌아오며
卒哭日歸苕川 _1800

동대문에 동이 트며 눈발 흩날리자
이 몸 태운 말까지도 슬피 울며 나서질 않네
한양성도 오늘 아침엔 텅 빈 듯이 보이니
어젯밤 꿈의 옛 임금 목소리 아직도 내 귀에 어렴풋해라
예전 생각대로 시골에 돌아가 농사나 짓겠다지만
자꾸만 궁궐 쪽으로 고개가 돌아가네
거룻배 한 척에다 긴 낚싯대까지 있긴 하지만
무슨 마음으로 한가스레 낚시터에 나갈 겐가

靑門曉色雪飛飛。　　鳴馬悲鳴欲底歸。
天宇今朝瞻廓落、　　玉音前夜夢依俙。
舊懷乞骨投田圃、　　不奈回頭戀禁闈。
縱有長竿與小艇、　　何心閒適出漁磯。

■
* 졸곡(卒哭)은 삼우제를 지낸 뒤 석 달 만에 정일(丁日)이나 해일(亥日)을 택하여 지내는 제사. 이해 봄에 처자를 데리고 소내로 내려왔었지만, 정조의 명에 의해 다시 서울로 올라왔다. 6월 12일 달밝은 밤에 죽란(竹欄)에 혼자 앉아 있었는데, 정조가 하사한 《한서선(漢書選)》 10권을 규장각 서리가 가지고 왔다. 정조가 28일에 갑자기 붕어하자, 다산은 12일에 지은 시에다 주를 덧붙여 "임금께서 신하와 영결(永訣)하시며 내리신 선물"이라고 감격하였다. 의지할 곳 없던 다산은 정조의 졸곡을 치르고, 이날 다시 고향으로 내려갔다.

연못을 떠난 고기

유배기 : 1801~1818

석우촌에서 귀양길을 떠나며
石隅別 _1801

쓸쓸해라 석우촌이여
앞에는 세 갈래 길이 있구나
두 말이 울면서 서로 장난치니
제 갈 길도 모르는 듯해라
한 말은 남으로 가고
또 한 말은 동으로 가야 한다네
숙부님들 머리엔 백발이 성성하고
큰형님도 눈물 흘려 뺨을 적시네
젊은이야 기다리면 만날 날도 있겠지만
노인네야 앞일을 누가 알겠나
잠깐만 더, 잠깐만 더 하는 사이에
해는 벌써 서산으로 기울어졌네
이젠 가야지, 뒤돌아보지 말고
앞으로 다시 만날 기약이나 다짐해야지

■
* 가경(嘉慶) 신유년(1801) 정월 28일에 나는 소내에 있었는데, 화가 닥칠 기미를 알고서 서울 명례방으로 돌아왔다. 2월 8일에 조정에서 의논을 꺼내어, 그 다음날 새벽종이 칠 때 감옥으로 잡혀들어갔다. 27일 밤 2고(二鼓)에 성은을 입고 감옥에서 나와 장기현(長鬐縣)으로 유배가게 되었다. 그 다음날 길을 떠날 때에 숙부님들과 형님들이 석우촌에 와서 서로 헤어졌다. 석우촌은 숭례문에서 남으로 3리 되는 곳에 있다. (원주)

蕭颯石隅村、前作三叉歧。
二馬鳴相戲、似不知所之。
一馬且南征、一馬將東馳。
諸父皓須髮、大兄涕交頤。
壯者且相待、耆耋誰得知。
斯須復斯須、白日已西欹。
行矣勿復顧、黽勉留前期。

사평촌에서 처자와 헤어지며
沙坪別 _1801

동녘 하늘에 샛별 뜨자
하인들 서로 부르며 떠들썩해라
산바람 불어와 보슬비는 뿌리는데
모두들 가기 싫어 발걸음을 떼지 않네
머뭇거리고 늦장부린들 무슨 소용 있으랴
오늘의 이별이야 없어질 수 없다오
소매자락 뿌리치고 길을 떠나서
들판을 넘고 냇물을 건너 멀어져 가네
얼굴빛이야 꿋꿋하고 늠름타 하겠지만
마음이사 나라고 어찌 처자식과 다르랴
하늘을 우러러 나는 새 바라보니
오르락내리락 함께들 날아가네
어미 소도 울면서 송아지 돌아보고
닭들도 구구구 병아리를 부르네

∎
* 처자와 헤어졌다. 사평촌은 한강 남쪽에 있다. (원주)

明星出東方、
山風吹小雨、
踟躕復何益、
拂衣前就道、
顏色雖壯厲、
仰天視征鳥、
牛鳴顧其犢、

僕夫喧相呼。
似欲相踟躕。
此別終難無。
杳杳川原踰。
中心寧獨殊。
頡頏飛與俱。
雞呴呼其雛。

하담에서의 이별
荷潭別 _1801

아버님은 아시는지 모르시는지
어머님도 아시는지 모르시는지
집안이 지금 다 무너지고
죽느냐 사느냐 이렇게 되었습니다
남은 목숨을 비록 부지한다 해도
큰 기대는 이미 틀렸습니다
이 아들 낳았다고 부모님 기뻐하시어
쉴새없이 어루만지며 기르셨지요
하늘 같은 그 은혜 갚으려 했건만
이리 될 줄이야 생각이나 했겠습니까
세상 사람들 거의가
아들 낳은 것 축하 않게 만들 줄이야

父兮知不知、	母兮知不知。
家門欻傾覆、	死生今如斯。
殘喘雖得保、	大質嗟已虧。
兒生父母悅、	育鞠勤携持。
謂當報天顯、	豈意招芟夷。
幾令世間人、	不復賀生兒。

∎
* 부모 무덤에 하직인사를 올렸다. 하담(荷潭)은 충주(忠州) 서쪽 20리 지점에 있다. (원주)

내 귀양간 장기현
鬐城雜詩 二十七首 _1801

3
산머리에 쓸쓸한 마을, 민가 마흔 채
기울어진 성문엔 꽃마저 시들었구나
마실 만한 샘이라곤 한 구멍도 없어
성에다 줄 매달아 수차(水車)를 쓴다네

峯頂蕭條四十家。　　縣門敧側倚殘花。
都無一眼泉供飮、　　將謂縋城用水車。

4
조해루(朝海樓) 용마루에 저녁놀이 붉었는데
관리가 나를 몰아 성 동쪽으로 나왔네
시냇가 자갈밭에 초가집 한 채 있기에
늙은 농부 만나서 주인삼았네

朝海樓頭落日紅。　　官人驅我出城東。
石田茅屋春溪上、　　也有佃翁作主翁。

■
* 3월 9일에 장기현에 도착하여, 그 다음날 마산리(馬山里) 늙은 포교(捕校) 성선봉(成善封)의 집에 이르렀다. 긴긴 낮 동안 아무 일이 때때로 짧은 시구를 지었는데, 순서 없이 섞어 놓았다. (원주)

8
한 조각 돛단배가 구름바다 헤치고서
울릉도 간 남편이 이제 막 돌아왔네
바닷길 험했느냐고 안부도 묻지 않고
배에 가득한 대나무 보고야 얼굴이 펴지네

一片孤帆雲海間。　　　藁砧新自鬱陵還。
相逢不問風濤險、　　　刳竹盈船便解顏。

16
밥 먹고 나면 잠 오고 잠 자고 나면 또 배고프네
배고플 땐 술 시켜다가 데워서 마시네
할 일이 하나도 없어 날 보내기 어려울 때면
이웃집 늙은이 이따금 찾아와 장기 두자고 하네

飯罷須眠眠罷飢。　　　飢來命酒爇金絲。
都無一事堪銷日、　　　隣叟時來著象棋。

연못을 떠난 고기
古詩 二十七首 _1801

6
연못 속 고기 한 마리 팔딱거리며
발랄하게 물속을 돌아다니네
연꽃 사이 이리저리 헤엄치면서
마음껏 노니는 게 제게 맞지만
멀리 가서 놀고픈 생각이 들어
물길 따라 넓은 바다로 흘러들었네
망망한 바다에서 길 잃고 헤매다가
큰 파도에 몇 번이나 놀랐었던가
악어 밥은 간신히 면했다지만
끝내는 큰 고래를 만나고 말았구나
고래가 숨 들이쉬자 죽은 몸 되었다가
내뿜을 때 다행히 살아났어라
옛날 놀던 연못이 못내 그리워
어찌할 줄 모르고 근심에 싸였는데
신룡이 이 고기 슬프게 여기시어
비에다 번개에다 천둥까지 보내 주네

撥剌池中魚、撥剌池中行。
游戲蓮葉間、呷唼常適情。
矯然思遠游、隨流入滄瀛。
望洋迷所向、蕩譎魂屢驚。
崎嶇避蛟鱷、至竟值長鯨。
倏鯨吸而死、忽鯨歕而生。
耿耿思故池、圉圉憂心縈。
神龍哀此魚、雷雨會有聲。

한 연못 속에 살면서도
古詩 二十七首 _1801

7
온갖 풀이 모두들 뿌리 있지만
부평초 홀로만 뿌리가 없어
두둥실 물 위를 떠다닌다네
언제나 바람에 끌려 다닌다네
살고 싶은 맘이야 없지 않건만
얹힌 목숨 참으로 작고 가늘어
연잎이 너무도 업신여기고
마름까지 줄기로 감고 덮었네
한 연못 속에 같이 살면서도
왜 이리도 서로들 어긋나야만 하나

百草皆有根、　　浮萍獨無蒂。
汎汎水上行、　　常爲風所曳。
生意雖不泯、　　寄命良瑣細。
蓮葉太凌藉、　　荇帶亦交蔽。
同生一池中、　　何乃苦相戾。

집 없는 제비
古詩 二十七首 _1801

8
한 마리 제비가 처음 날아왔는데
지지배배 그 소리 그치지 않네
무어라고 말하는지 밝히 알 수는 없어도
집 없는 서러움을 호소하는 듯해라
'느릅나무 홰나무는 늙어 구멍도 많은데
어째서 그곳에는 깃들지 않나?'
제비가 다시금 지저귀며
사람과 말이라도 주고받는 듯
'느릅나무 구멍은 황새가 와서 쪼고
홰나무 구멍은 뱀이 와서 뒤진다오.'

燕子初來時、　　喃喃語不休。
語意雖未明、　　似訴無家愁。
楡槐老多穴、　　何不此淹留。
燕子復喃喃、　　似與人語酬。
楡穴鸛來啄、　　槐穴蛇來搜。

담배
煙 _1801

육우의 《다경》¹⁾도 좋고
유령의 〈주덕송〉²⁾도 기이하건만
담바고가 지금 새로 나와서
귀양살이하는 자에게 제일이라네
가만히 빨아들이면 향내가 물씬하고
슬그머니 내뿜으면 실오라기 간들거리네
여관 잠자리가 늘 편치 못해
봄날이 지루하기만 하구나

陸羽茶經好、　　劉伶酒頌奇。
淡婆今始出、　　遷客最相知。
細吸涵芳烈、　　微噴看裊絲。
旅眠常不穩、　　春日更遲遲。

---

1) 육우는 당나라 경릉(竟陵) 사람인데, 차를 즐겨 《다경(茶經)》 세 편을 지었다. 그 덕분에 온 세상 사람들이 차를 즐기는 풍속을 이루었고, 후세에는 그를 다신(茶神)이라하여 제사까지 지냈다.
2) 유령은 진(晉)나라 패국(沛國) 사람이다. 완적(阮籍) 등과 함께 죽림칠현(竹林七賢)의 한 사람으로서 술을 좋아하여 항상 술병을 지니고 다녔으며, 〈주덕송(酒德頌)〉을 지어 술을 예찬하였다.

여름밤
夜 _1801

병석에서 일어나 보니 봄바람도 가버려
시름 많은 나에겐 여름밤이 길기도 해라
잠시 목침 베고 대자리에 누운 사이
문득 집생각 고향생각 간절해라
부시 쳐서 불 붙이면 관솔 그을음 거뭇해지고
문을 열면 대밭에서 서늘한 기운 퍼지는데
저 멀리 고향 소내를 비치는 달빛이
그림자를 흘리며 서쪽 담장도 비추누나

病起春風去、　　愁多夏夜長。
暫時安枕簟、　　忽已戀家鄕。
敲火松煤暗、　　開門竹氣凉。
遙知苕上月、　　流影照西墻。

집에서 편지 가져온 아이를 보내고
家僮歸 _1801

2
집에서 편지 오니 기쁘겠다 말하지만
새로운 시름이 만 가지로 일어나네
아내는 긴긴날을 울고 있을테지
어린것은 어느 때나 다시 볼 건가
박한 인심 참으로 안타까와라
뜬소문 아직도 가라앉지 않았다니
슬프다, 모든 걸 달갑게 받아야지
한세상 살아가기가 본래 어렵다네

謂得家書好、　　新愁又萬端。
拙妻長日淚、　　稚子幾時看。
薄俗眞堪惜、　　浮言尙未安。
嗟哉亦順受、　　度世本艱難。

아들이 보내준 밤을 받고서
穉子寄栗至 _1801

도연명 아들보다[1] 사뭇 낫구나
애비에게 밤 보내는 마음을 보니
한 자루 잘다란 이 밤알들이
천리 밖 배고픈 내 신셀 위로해 주네
내 생각 잊지 않는 그 마음 애틋하고
정성껏 묶어 맨 그 손길 생각나라
맛 보려 하다가 도리어 맘에 걸려
고향 하늘만 서글피 바라본다네

頗勝淵明子、　　能將栗寄翁。
一囊分瑣細、　　千里慰飢窮。
眷係憐心曲、　　封緘憶手功。
欲嘗還不樂、　　惆悵視長空。

■
1) 도연명은 지은 시 〈책자(責子)〉에 "통자는 아홉 살이 다 되도록/ 배와 밤만 찾고 있다네"란 구절이 있다.

어린 딸을 생각하며
憶幼女 _1801

어린 딸애가 단옷날이면
옥 같은 살결 씻고 새단장했지
붉은 모시베로 치마 해 입고
머리엔 푸른 창포를 꽂았지
절을 익혀 단아한 모습 보이고
술잔 올리며 상냥한 표정이었는데
오늘 같이 쑥 매다는 저녁에는[1]
손바닥의 구슬을[2] 누가 놀릴까

幼女端陽日、　　新粧洗玉膚。
裙裁紅苧布、　　髻揷綠菖蒲。
習拜徵端妙、　　傳觴示悅愉。
如今懸艾夕、　　誰弄掌中珠。

■
1) 옛날 초(楚)나라 풍속에 5월 5일이 되면 모두 어울려 백초(白草)를 밟고 쑥을 캐서 사람처럼 만들어 문 위에 매달고는 그것으로 독기(毒氣)가 침범 못하도록 액막이를 삼았다. 《형초세시기(荊楚歲時記)》에 소개된 풍속인데, 이 시에서는 단오날 저녁을 가리킨다.
2) 장중보옥(掌中寶玉)은 딸을 뜻한다.

칡을 캐네
采葛 四章 章六句 _1801

1
칡을 캐네
산기슭에서
그 잎사귀 부드러워
숙부님을[1] 바라보네
칡 캐자는 게 아니라
숙부님을 바라본다네

我采葛兮、　　　于山之麓。
其葉沃兮、　　　瞻望叔兮。
匪采葛兮、　　　瞻望叔兮。

■
* 〈칡을 캐네〉는 귀양온 사람이 스스로를 슬퍼한 것이다. 부자·형제와도 헤어졌다. (원주)
1) 잎이 나는 것은 이른 때이다. 숙(叔)은 숙부이다. 잎이 뿌리를 감싸는 것이 마치 아버지가 자식을 지켜 주는 것과 같다. (원주)

2
칡을 캐네
산 등성이에서
그 마디 굵어서
형님들을2) 바라보네
칡 캐자는 게 아니라
형님들을 바라본다네

我采葛兮、	于山之岡。
其節荒兮、	瞻望兄兮。
匪采葛兮、	瞻望兄兮。

3
칡을 캐네
산골짜기 물가에서
그 덩굴 번성하여
자식들을3) 바라보네
칡 캐자는 게 아니라
자식들을 바라본다네

■
2) 황(荒)은 크다는 뜻이다. 때는 벌써 늦었다. 같은 뿌리에서 자란 다른 마디이니, 형제이다. (원주)
3) 유(蔂)는 덩굴이다. 덩굴 뻗은 것이 마치 자손과 같다. (원주)

我采葛兮、　　　于澗之溪。
有蕡其䗶、　　　瞻望子兮。
匪采葛也、　　　瞻望子兮。

4
이 마음 답답해도
근심을 풀 수 없네
바라봐도 뵈지 않아
머물러 있을 수도 없네
맛 좋은 술 있더라도
맛있게 마실 수가 없다네

心之瘋矣、　　　不可紓兮。
瞻望不見、　　　不可佇兮。
雖有旨酒、　　　不可醑兮。

장기현 농사꾼 노래
長鬐農歌 十章 _1801

1
보릿고개 험하기가 태항산 같아
단오절 지나서야 보리 익기 시작한다네
그 누가 풋보리죽 한 사발 떠서
의정부 대감님들 맛보라고 바쳐 볼텐가

麥嶺崎嶇似太行。　　　天中過後始登場。
誰將一椀熬靑麨、　　　分與籌司大監嘗。

4
새로 싹튼 호박에 떡잎 나서 살찌더니
밤 사이 덩굴 뻗어 사립문에 얽혔구나
평생에 심지 못할 건 맛 좋은 수박이니
관노(官奴)들 몰려와서 시비 걸까 두렵구나

新吐南瓜兩葉肥。　　　夜來抽蔓絡柴扉。
平生不種西瓜子、　　　剛怕官奴惹是非。

7
상치잎에 보리밥 싸서 먹세
파·고추장도 섞어 먹세
올해엔 넙치마저 얻어 먹기 어려워라
잡는 족족 건어 말려 관청에 바쳤다네

萵葉團包麥飯吞。　　　合同椒醬與葱根。
今年比目猶難得、　　　盡作乾鱐入縣門。

8
송아지 오이밭에 들어가지 말라고
서편 뜨락 써레 옆에 매어 두었더니
이정(里正)이 날샐녘 와서 코 꿰어 몰아다가
동래 하납(下衲)¹⁾ 짐배에다 이제 막 싣는구나

不敎黃犢入瓜田。　　　移繫西庭碌碡邊。
里正曉來穿鼻去、　　　東萊下納始裝船。

■
1) 하납이란, 영남지방 세미(稅米)의 반을 일본으로 수출한 데서 생긴 이름이다. (원주)

신지도로 귀양가신 형님을 그리며
秋日憶舍兄 _1801

4
백발이 어느새 찾아왔으니
하늘이시여 이 일을 어찌할까요
이주엔 좋은 풍속 많이 있지만
신지도 외딴 섬엔 슬픈 노래만 들려라
건너가고 싶지만 배가 없으니
그 언제야 죄의 그물 풀리려는가
부러워라, 저 물오리 기러기들은
푸른 물결 위에서 마음껏 놀고 있구나

白髮於焉至、　　蒼天奈此何。
二洲多善俗、　　孤島獨悲歌。
欲渡無舟楫、　　何時解網羅。
優哉彼鳧雁、　　遊戲足滄波。

흰 구름
白雲 _1801

가을 바람 불어와 흰 구름 몰아내니
푸르른 하늘에 그림자 하나 없구나
갑자기 이 내 몸이 가벼워져서
바람처럼 이 세상에서 사라지고파라

秋風吹白雲、　　碧落無纖翳。
忽念此身輕、　　飄然思出世。

강진에서 고향 편지를 받고
新年得家書 _1802

1
해 바뀌고 봄이 와도 모르고 지내다가
새 소리 날마다 달라져 웬일인가 했었네
고향 생각 봄비 때문에 더더욱 얽혀지고
병든 몸은 겨울 지내느라 대꼬챙이처럼 말랐네
세상 일 보기 싫어 늦게야 방문 열고
찾는 손님 없으니 이불도 늦게 개네
시간 때우는 법을 아이놈이 알았는지
의서(醫書)를 가려 뽑아 한 보따리 보내 왔네

歲去春來漫不知。　　　鳥聲日變此堪疑。
鄕愁値雨如藤蔓、　　　瘦骨經寒似竹枝。
厭與世看開戶晚、　　　知無客到捲衾遲。
兒曹也識銷閒法、　　　鈔取醫書付一鴟。

* 임술년(1802) 봄 강진에 있었다. (원주)

탐진촌요
耽津村謠 二十首 _1802

7
새로 짜낸 무명이 눈결처럼 고운데
이방(吏房) 줄 돈이라고 아전이 뺏어가네
누전(漏田) 세금 독촉을 성화처럼 서두르니
세미선(稅米船)이 이삼월 중순 서울로 떠난다네

棉布新治雪樣鮮。　　　黃頭來博吏房錢。
漏田督稅如星火、　　　三月中旬道發船。

■
* 백성의 밭 가운데 국가의 토지대장에 빠진 것이 600여 결(結)이나 되는데, 이것을 재결(災結)이라고 거짓 보고하였다. 이것은 원래 국가의 세금이니, (이처럼 누락된 전토가) 얼마나 많겠는가. (원주)

탐진농가
耽津農歌 _1802

2
논에서 물 뽑은 뒤 보리를 심고
보리 베면 곧 이어 모내기하세
땅을 하루라도 놀릴 수 있으랴
푸른 색 누른 색 철따라 아름다와라

稻田洩水須種麥。　　刈麥卽時還揷秧。
不肯一日休地力、　　四時嬗變色靑黃。

5
모 품팔이 아낙네들 모내기철 일손 딸려
보리 베는 반상(盤床)[1) 일은 도울 생각도 않아라
이서방네 약속 뒤로 물리고 장서방네 먼저 가세
예로부터 돈모[2) 심기가 밥모보다 낫다 했네

秧雇家家婦女狂。　　不曾刈麥助盤床。
輕違李約趁張召、　　自是錢秧勝飯秧。

■
1) 이곳 토박이들은 남편을 반상이라 부른다. (원주)
2) 순전히 돈으로 품삯 주는 것을 돈모[錢秧]라 하고, 밥을 주어 품삯 감하는 것을 밥모[飯秧]라 한다. (원주)

탐진어가
耽津漁歌 十章 _1802

2
세 물때가 지나가고 네 물때가 돌아오면[1]
까치파도[2] 세게 일어 옛 어대가 파묻히네
어촌 사람들은 복어만 좋아 해서[3]
농어는 몽땅 내다 술과 바꿔 마신다네

三汛纔廻四汛來。　　鵲漊波沒舊漁臺。
漁家只道江豚好、　　盡放鱸魚博酒杯。

5
아녀자들 옹기종기 물가에 모였으니
어린 딸들 새로 헤엄 배우는 날이라네
그 가운데 물오리 같은 저 아가씨에겐
남포의 새 신랑이 혼수감 보낸다네

兒女脂脂簇水頭。　　阿孃今日試新泅。
就中那箇花鳧沒、　　南浦新郎納綵紬。

∎
1) 첫째 날이 초승이면 셋째 날을 '한 물', 다섯째 날을 '세 물'이라고 한다. (원주)
2) 루(漊)는 큰 파도를 말하는데, 파도가 하얗게 일어 마치 까치떼가 일어나는 것 같아 까치파도[鵲漊]라고 한다. (원주)
3) 복어를 먹다가 죽는 사람이 자주 있었다. (원주)

애절양
哀絶陽 _1803

갈밭의 젊은 아낙네 울음소리 그지없어
현문(縣門) 향해 울부짖다 하늘 보고 호곡하네
군인 남편 못 돌아온 거야 있을 법도 하다지만
예부터 남절양(男絶陽)은 들어 보지 못했다오
시아버지 장례 치르고 갓난아긴 젖 먹이는데
삼대(三代)의 이름이 군적에 올랐다네
달려가서 호소해도 범 같은 문지기 버텨 섰고
이정(里正)이 호통치며 남은 소마저 끌고 갔다네
아이 낳은 죄라고 남편이 한탄하더니
칼 갈아 들어간 뒤에 방에는 피가 흥건해라
잠실 궁형[1]도 또한 지나친 형벌이고
민(閩)[2]땅 자식 거세함도 가여운 일이거든

∎
* 이 시는 가경(嘉慶) 계해년(1803년) 가을, 내가 강진에 있을 때에 지었다. 갈밭에 사는 한 백성이 아이를 낳은 지 사흘 만에 군적에 등록되고, 이정이 소를 빼앗아갔다. 그 백성이 칼을 뽑아 자기의 생식기를 스스로 베면서, "내가 이것 때문에 곤액을 당한다"고 말했다. 그 아내가 생식기를 가지고 관가에 가니, 그때까지 피가 뚝뚝 떨어졌다. 아내가 울며 호소했지만 문지기가 막아 버렸다. 내가 듣고서 이 시를 지었다. 《목민심서》 권8〈첨정〉
1) 남자의 생식기를 거세하는 형벌이 궁형이고, 잠실에서 형을 집행한다.
2) 민(閩)의 사람들은, 자식을 건(囝)이라고 불렀는데, 당나라 때에 그곳 자식들을 환관(宦官)으로 썼기 때문에 형세가 부호한 자들이 많아 그곳 사람들은 자식을 낳으면 곧 거세하여 장획(臧獲 노비)으로 만들었다고 한다. 《청상잡기(靑箱雜記)》

자식 낳고 사는 건 하늘이 주신 이치
하늘이 아들 내고 땅이 딸 냈다거든
말·돼지 거세함도 가엾다 말들 하는데
하물며 뒤이어 줄 사내를 거세하랴
부자들은 한평생 풍악이나 즐기면서
쌀 한 알 베 한 치도 바치지를 않으니
다 같은 백성인데 공평치를 않구나
객창에서 다시금 〈시구편〉³⁾만 읊을 밖에

蘆田少婦哭聲長。　　哭向縣門號穹蒼。
夫征不復尙可有、　　自古未聞男絶陽。
舅喪已縞兒未澡。　　三代名簽在軍保。
薄言往愬虎守閽、　　里正咆哮牛去皁。
磨刀入房血滿席。　　自恨生兒遭窘厄。
蠶室淫刑豈有辜、　　閩囝去勢良亦慽。
生生之理天所予。　　乾道成男坤道女。
騙馬豶豕猶云悲、　　況乃生民思繼序。
豪家終歲奏管弦。　　粒米寸帛無所捐。
均吾赤子何厚薄、　　客窓重誦鳲鳩篇。

■
3) 왕이 백성을 고루 사랑해야 한다는 뜻을 뻐꾸기에 비유해서 읊은 시.

중양절에 보은산 정상에 올라 우이도를 바라보며*
九日登寶恩山絶頂望牛耳島 _1803

나주 앞바다와 이곳 강진은 이백 리 뱃길
하늘이 우이산을 두 곳에 만드셨다네
삼 년 동안 묻혀 살며 풍토를 익혔지만
흑산도의 이름이 여기도 있는 건 내 몰랐구나
인간의 눈으로야 애써도 멀리 못 봐
백 걸음만 멀어져도 눈동자가 흐릿하니
흙비 구름까지 막걸리처럼 뿌연 날은
눈앞의 섬들마저 알아보기 어려워라
손에 쥔 옥돌 신표(信標) 바라본들 무엇하나
괴로운 마음 애타는 내 속을 남들은 모르겠지
꿈속에서 서로 보듯 안개 속 바라보니
눈물만 흐르는데 천지는 어두워지네

∎
* 절정에 오르고 나서 서쪽을 바라보니, 바다와 산이 얽혀 있었다. 안개와 구름이 스러진 곳에 나주(羅州)의 여러 섬들이 또렷하게 눈앞에 있었다. 다만 어떤 것이 형님이 계신 우이섬인지 알 수 없었다. 이날 중 한 사람이 따라 왔는데, 그 중이 이렇게 말했다. "보은산의 다른 이름은 우이산이고 절정의 두 봉우리는 형제봉이라고도 합니다." 나는 바다를 사이에 두고 형님이 계신 곳을 바라볼 수 있겠다고 여겼었는데 형제가 있는 두 곳 이름이 우이(牛耳)이고 봉우리 이름 또한 형제봉이라니, 특별한 일이지 우연만은 아니었다. 그래서 서글퍼지고 기쁨은 없었다. 돌아와서 시를 지으니 아래와 같다. (원주)

羅海耽津二百里。
三年滯跡習風土、
人眼之力苦不長。
況復雲霾濃似酒、
瓊雷騁望嗟何益。
夢中相看霧中望、

天設寵嵸兩牛耳。
不省玆山又在此。
百步眉目已微芒。
眼前島嶼猶難詳。
苦心酸腸人不識。
目穿淚枯天地黑。

여름날 술을 대하다
夏日對酒 _1804

2
많고 많은 저 백성들
같은 나라 사람들이니
반드시 세금을 거두어야 한다면
부자들에게 내라는 거야 당연하지만
어찌하여 힘없는 백성들께만
송두리째 벗겨 가는 정치를 하시는가
군보(軍保)[1]란 이름이 무엇이길래
이다지 악착같이 법률을 만들었나
일년 내내 애써 가며 일을 해 봐도
자기 한몸조차도 가릴 수 없구나
갓난아기 뱃속에서 죽어져 나와
그 뼈가 먼지 되고 티끌 되어도
그래도 그 몸에 부역이 따라
가을 하늘 곳곳마다 어미들이 울부짖네
원통하고 가혹해라, 절양(絶陽)에까지 이르니
정말로 슬프고 쓰라린 일일세
호포법(戶布法)[2] 논의가 시작된 지 오래이고

■
1) 양인(良人) 가운데 신역(身役)을 지지 않는 자가 신역을 지는 정병(正兵)의 토지를 경작하는 국역(國役)이다. 후기에는 역(役) 대신 보포(保布)를 바치게 해서 폐단이 많았다.
2) 위의 보포, 즉 군포(軍布)를 양인들에게만 부과하던 것을 신분의 귀천없이 1-3필을 징수하자는 법안.

모두들 그 뜻이 옳다 했건만
지난해 평양감사 이 법 시행해 보다
한달 남짓 못 넘기고 그만두었다네
만백성이 산에 올라 통곡을 하니
어떻게 왕의 뜻을 펼 수 있으랴
먼곳에 이르려면 가까이서 시작하고
모르는 사람 다스리려면 친척부터 해야 된다네
어찌하여 굴레와 다리줄³⁾ 가지고서
백성들을 들말처럼 길들이려 한단 말인가
끓어오르는 물 속에 손 넣어 보는 격이니
어찌하여 그 꾀를 펼 수 있으랴
서도(西道) 백성들 오랫동안 억눌려 지내
십세(十世) 내리 벼슬길 막혀 버렸기에
겉모양은 비록 공손한 척한다지만
가슴 속엔 언제나 원한이 사무쳐라
왜놈들 지난번에 쳐들어왔을 땐
의병들이 여기저기서 일어났지만
서도 백성들 팔짱 끼고 구경만 했으니
참으로 그럴 만한 이유 있었다네

■
3) 말 머리를 묶는 가죽끈과 말의 앞발을 묶는 줄. 백락(伯樂)이 야생마를 길
들이던 도구이다.

생각하면 가슴속이 끓어오르니
술이나 실컷 먹고 진(眞)으로 돌아가세

芸芸首黔者、　　均爲邦之民。
苟宜有徵斂、　　哿矣是富人。
胡爲剝割政、　　偏於傭丐倫。
軍保是何名、　　作法殊不仁。
終年力作苦、　　曾莫庇其身。
黃口出胚胎、　　白骨成灰塵。
猶然身有徭、　　處處號秋旻。
寃酷至絶陽、　　此事良悲辛。
戶布久有議、　　立意差停勻。
往歲平壤司、　　薄試纔數旬。
萬人登山哭、　　何得布絲綸。
格遠必自邇、　　制疏必自親。
如何羈縶具、　　先就野馬馴。
探湯乃由沸、　　計謀那得伸。
西民久掩抑、　　十世閡簪紳。
外貌雖愿恭、　　腹中常輪囷。
漆齒昔食國、　　義兵起踆踆。
西民獨袖手、　　得反諒有因。
拊念腸內沸、　　痛飮求反眞。

근심이 오다
憂來 十二章 _1804

1
어렸을 땐 성인(聖人) 배울 생각했었고
중년 들며 점차로 현인(賢人)이라도 바랐지
늙어 가며 우하(愚下)도 달게 여겼지만
근심에 싸여서 잠들 수 없네

弱齡思學聖、　　中歲漸希賢。
老去甘愚下、　　憂來不得眠。

3
한 알의 야광주가
장삿배에 실렸다가
바다 복판서 바람 만나 가라앉으니
만고에 그 빛이 빛날 수 없네

一顆夜光珠、　　偶載賈胡舶。
中洋遇風沈、　　萬古光不白。

5
취하여 북산에 올라 통곡하니
울음소리 푸른 하늘 끝까지 닿았네
옆 사람들 내 뜻을 알지 못하고
내 한몸 궁박해서 운다고 하네

醉登北山哭、　　哭聲干蒼穹。
傍人不解意、　　謂我悲身窮。

6
술 취해 정신 없는 사람들 속에
몸가짐 단정한 선비가 있네
모두들 그에게 손가락질하며
이 사람만 미쳤다고 몰아세운다네

酗誶千夫裏、　　端然一士莊。
千夫萬手指、　　謂此一夫狂。

시골집을 지나며
過野人村居 _1805

외나무다리 건너 들판 저 밖에
쓸쓸한 시골마을 두어 채 집이 있네
무너진 울타리엔 대나무를 채워 심고
조그만 채마밭에 아직 꽃은 안 피었지만
썰렁한 방안에 책장은 남아 있고
가난한 살림에도 낚싯배는 마련했네
고향땅에 살고픈 소원 다행스레 이뤄지면
살림살이 고달파도 슬플 게 없어라

野彴平疇外、　　荒村一兩家。
敗籬新綴竹、　　小圃未舒花。
冷落餘書架、　　艱難有釣槎。
狐丘幸遂願、　　生理不須嗟。

사월 이십일에 학포가 왔는데 서로 헤어진 지 이미 팔 년이 되었다
四月二十日學圃至 相別已八周矣 _1807

얼굴 생김새는 내 자식 같은데
수염이 자라니 딴사람 같구나
아내의 편지를 가져 왔지만
틀림없는 진짜인지 어슴프레해

眉目如吾子、　　鬚髯似別人。
家書雖帶至、　　猶未十分眞。

■
* 학포(學圃)는 다산이 작은 아들 학유를 집에서 부르던 이름이다. 공자의 제자 번지(樊遲)가 곡식 가꾸는 일을 배우기[學稼]를 청하자 공자가 "나는 늙은 농사꾼만 못하다." 하였고, 번지가 또 채소 가꾸는 일을 배우기[學圃]를 청하자 공자가 "나는 늙은 농사꾼만 못하다."고 하였다. 다산이 큰아들 학연은 학가(學稼)라 부르고, 작은아들 학유는 학포라고 불렀다.

스님이 소나무를 뽑네
僧拔松行 _1807

백련사 서쪽 석름봉 위에
여기저기 다니면서 어떤 중이 솔을 뽑네
어린 솔 돋아나와 이제 겨우 두세 치
여린 줄기 부드런 잎 얼마나 예뻤던가
어린아이 기르듯 사랑하고 보살펴야
크게 자란 훌륭한 재목 되거늘
눈에 띠는 것마다 뽑아 버려서
싹도 씨도 남기잖고 말리려는가
농부가 호미질 보습질하여
부지런히 밭 가꾸며 가라지 뽑듯이
향정(鄕亭)[1]의 아전들이 길을 닦으며
가시덤불 베어 내어 사람 다니게 하듯이
손숙오(孫叔敖) 어렸을 때 음덕 닦느라
길 가다가 독사 만나 쳐서 죽이듯[2]
붉은 머리 흐트러뜨린 괴이한 산귀신이
구천 그루 나무를 떠들썩거리며 뽑는구나
스님 불러다 오게 하여 그 까닭 물었더니
목이 메어 말 못하고 눈물만 그렁이네

■
1) 지방 큰 길의 요소마다 설치되어서, 오고가는 사람들을 살피고 단속하는 곳.
2) 손숙오가 어느 날 길을 가다가 쌍두사(雙頭蛇)를 만났는데, 죽음을 각오하고 이 뱀을 죽여 땅에 파묻었다.

이 산에 솔 기르기 그 얼마나 애썼던가
스님 상좌 가릴 것 없이 공손하게 법 지켰답니다
땔나무도 아까와서 찬밥으로 끼니 때우고
새벽종 칠 때까지 산을 돌며 지켰으니
고을의 나무꾼도 감히 접근 못하는데
마을 사람 도끼야 얼씬이나 했겠습니까
수영(水營) 포교 달려와서 사또 분부 내린다고
땅벌 같은 기세로 문안에 들이닥쳐
지난해 비바람에 꺾인 가지 집어들고
저희들더러 꺾었다고 가슴을 쳤답니다
하늘 보고 호소해도 노여움이 안 식었지만
절간 돈 만 냥 주어 임시로 때웠답니다
금년 들어 솔 베어다 항구로 내가면서
커다란 배 만들어서 왜놈들 막겠다더니
한 척의 조각배도 만들지 않고
우리 산만 벌거숭이 옛모습이 없답니다
이 소나무야 어리다지만 남겨 두면 크게 되니
화근을 뽑아야지요, 게으를 수 있나요
그날부터 솔 뽑기를 솔 심듯이 하였지요
잡목이나 남겨 두어 겨울이나 지내면 되죠
오늘 아침 관첩(官帖) 보내 비자나무 찾으라 하니
비자나무마저 뽑고 절문을 닫으리다

白蓮寺西石廩峰。
稺松出地纔數寸、
嬰孩直須深愛護、
胡爲觸目皆拔去、
有如田翁荷鋤攜長欃、
又如鄕亭小吏治官道、
又如蔫敖兒時樹陰德、
又如髼髷怪鬼披赤髮、
招僧至前問其意、
此山養松昔勤苦、
惜薪有時餐冷飯、
邑中之樵不敢近、
水營小校聞將令、
枉捉前年風折木、
僧呼蒼天怒不息、
今年斫松出港口、
一葉之舟且不製、
此松雖稺留則大、
自今課拔如課種、
官帖朝來索榧子、

有僧彳丁行拔松。
嫩幹柔葉何耒茸。
老大況復成虯龍。
絶其萌櫱湛其宗。
力除稂莠勤爲農。
翦伐茨棘通人蹤。
道逢毒蛇殲殘凶。
拔木九千聲訩訩。
僧咽不語淚如霡。
闍梨苾蒭遵約恭。
巡山直至鳴晨鍾。
況乃村斧淬其鋒。
入門下馬氣如蜂。
謂僧犯法撞其胷。
行錢一萬纔彌縫。
爲言備倭造艨艟。
只褚我山無舊容。
拔出禍根那得慵。
猶殘雜木聊禦冬。
且拔此木山門封。

쥐 안 잡는 도둑 고양이
貍奴行 _1810

남산골 한 늙은이 고양이를 길렀는데
해묵고 꾀들어 여우처럼 요망해졌네
밤마다 초당에서 고기 훔쳐다 먹고
작은 단지 큰 단지 술항아리까지 뒤엎네
어둠 타고 교활한 짓 제멋대로 다 하다가
문 열고 소리치면 형체 없이 사라지네
등불 켜고 비춰 보면 더러운 흔적 널려 있고
이빨 자국 나 있는 찌꺼기만 낭자해라
늙은이는 잠도 달아나 근력은 줄어들고
온갖 궁리 해보지만 긴 한숨만 나온다네
고양이 죄 생각할수록 악독하기 짝이 없어
칼자루 빼어들고 천벌이라도 내리고파라
하늘이 네놈 내실 제 무엇하러 생겼더냐
너더러 쥐 잡아서 백성 피해 없애라 했지
들쥐는 구멍 파서 어린 낟알 숨겨 두고
집쥐는 온갖 물건 안 훔치는 것이 없어
백성들은 쥐등쌀에 나날이 초췌해 가고
기름 말라 피 말라 피골까지 말랐다네
이 때문에 너를 보내 쥐잡이 대장 삼고는
마음대로 찢어 죽일 권력까지 주었지
황금처럼 반짝이는 두 눈을 주어
밤중에는 벼룩 잡는 올빼미처럼 밝았지

너에게 보라매처럼 쇠발톱 주고
범처럼 톱날 같은 이빨을 주었었지
날면서 치고받는 용기까지 네게 주어
쥐들은 너를 보면 벌벌 떨고 몸 바쳤지
날마다 백 마리씩 잡는다고 누가 말리랴
보는 사람마다 네 모습 뛰어나다고 칭찬해 주고
너의 공로 보답하는 팔사제(八蜡祭)에도
누른 갓 쓰고 큰 술잔에 따라 바치느니라
너 요즘은 쥐 한 마리도 안 잡고
도리어 네놈이 도둑질하는구나
쥐는 본래 좀도둑이라 피해 적지만
너는 힘이 센데다가 맘씨까지 거칠구나
쥐가 못하던 짓도 제멋대로 저지르니
지붕을 들쑤시다가 담벽까지 무너뜨리네
그러자 쥐들까지 거리낄 것 없어서
날락들락 웃어 대며 수염까지 쓰다듬네
훔친 물건 모아다 네게 뇌물로 주고
태연스레 너와 함께 돌아다니니
할일없는 사람네들 너를 본받고
쥐떼들이 하인들처럼 너를 떠받드네
나팔 불며 북 치고 떼를 지어서
깃발 들고 휘날리며 앞장서 가네

너는 큰 가마 타고 교태 부리며
쥐들이 떠받든다고 좋아하누나
내 이제 붉은 활에 큰 화살 매겨 너를 쏘리라
쥐들이 행패부리면 무서운 개를 부르리라

南山村翁養貍奴。　歲久妖兇學老狐。
夜夜草堂盜宿肉、　翻瓨覆瓿連觸壺。
乘時陰黑逞狡獪、　推戶大喝形影無。
呼燈照見穢跡徧、　汁滓狼藉齒入膚。
老夫失睡筋力短、　百慮皎皎徒長吁。
念此貍奴罪惡極、　直欲奮劍行天誅。
皇天生汝本何用、　令汝捕鼠除民痡。
田鼠穴田蓄穉穧、　家鼠百物靡不偸。
民被鼠割日憔悴、　膏焦血涸皮骨枯。
是以遣汝爲鼠帥、　賜汝權力恣磔刳。
賜汝一雙熒煌黃金眼、　漆夜撮蚤如梟雛。
賜汝鐵爪如秋隼、　賜汝鋸齒如於菟。
賜汝飛騰搏擊驍勇氣、　鼠一見之凌兢俯伏恭獻軀。
日殺百鼠誰禁止、　但得觀者嘖嘖稱汝毛骨殊。
所以八蜡之祭崇報汝、　黃冠酌酒用大觚。
汝今一鼠不曾捕、　顧乃自犯爲穿窬。
鼠本小盜其害小、　汝今力雄勢高心計麤。

鼠所不能汝唯意、攀檐撤蓋頹堅塗。
自今群鼠無忌憚、出穴大笑掀其鬚。
聚其盜物重賂汝、泰然與汝行相俱。
好事往往亦貌汝、群鼠擁護如騶徒。
吹螺擊鼓爲法部、樹纛立旗爲先驅。
汝乘大轎色夭矯、但喜群鼠爭奔趨。
我今彤弓大箭手射汝、若鼠橫行寧喉盧。

다북쑥을 캐네
采蒿 三章 章十六句 _1810

1
다북쑥을 캐네, 다북쑥을 캐네
다북쑥이 아니라 새발쑥이네
양들처럼 떼를 지어
저 산등성이 넘어가네
푸른 치마 허리 굽혀
붉은 머리로 쑥을 캐네
다북쑥 캐어 무얼 하나
눈물만 쏟아지네

∎
* 원 제목이 무척 길다. "「채호(采蒿)」는 흉년을 걱정하여 쓴 시다. 가을이 되기도 전에 기근이 들어 들에는 푸른 싹이라곤 없었으므로 아낙들이 쑥을 캐어다 죽을 쑤어 그것으로 끼니를 때웠다.[采蒿閔荒也 未秋而饑 野無靑草 婦人采蒿爲焉以當食焉.]"
** 기사년(1809) 내가 다산의 초당에 있을 때인데, 그 해에 크게 가물어 그 전해 겨울부터 이듬해 봄을 거쳐 입추(立秋)가 될 때까지 들에는 푸른 풀 한 포기 없이 그야말로 적지천리(赤地千里)였다. 6월 초가 되자 떠돌이 백성들이 길을 메우기 시작했는데, 마음이 아프고 보기에 처참하여 살고 싶은 의욕이 없었다. 죄를 짓고 귀양살이 온 몸은 사람 축에 끼지도 못하기에 오매(烏昧)에 관하여 아뢸 길이 없고, 은대(銀臺)의 그림도 바칠 길이 없어, 그때 그때 본 것들을 시가(詩歌)로 엮어보았다. 처량한 쓰르라미나 귀뚜라미가 풀밭에서 슬피 울 듯이, 그들과 함께 울면서 올바른 성정으로 천지의 화기(和氣)를 잃지 않기 위해서였다. 오래 써 모은 것이 몇 편 되어, 「전가기사(田家紀事)」라고 하였다.

쌀독엔 남은 곡식 없고
들엔 싹마저 다 없어졌네
다북쑥만 자랐으니
둥글게 넓적하게
말리고 또 말려서
담갔다가 소금 절여
죽 쑤어 먹을밖엔
달리 살 길 없어라

采蒿采蒿、　　匪蒿伊莪。
群行如羊、　　遵彼山坡。
靑裙傴僂、　　紅髮俄兮。
采蒿何爲、　　涕滂沱兮。
甁無殘粟、　　野無萌芽。
唯蒿生之、　　爲毬爲科。
乾之蓛之、　　瀹之醝之。
我饘我鬻、　　庶无他兮。

승냥이와 이리
豺狼 三章 _1810

1
승냥이여 이리여!
벌써 우리 송아지 채갔으니
우리 양일랑은 물어가지 말렴
장농엔 저고리도 없고
시렁엔 치마도 안 남았단다
항아리엔 소금 한 톨 남아 있지 않고
뒤주에도 쌀 한 톨 안 남았단다
큰 솥 작은 솥 다 뺏어가고
숟가락 젓가락 다 털어갔지
도적도 아니고 원수도 아닌데
어째서 이처럼 몹쓸 짓 하나
살인자는 벌써 자살했으니
이젠 또 누구를 죽이려느냐?

∎
* 〈승냥이와 이리〉는 백성들의 흩어짐을 슬퍼한 노래이다. 남쪽에 두 마을이 있었는데, 하나는 용마을이고 또 하나는 봉마을이다. 용마을에 갑이 살고 봉마을에 을이 살았는데 두 사람이 우연히 장난하며 다투다가 을이 병들어 죽었다. 두 마을 사람들은 관청의 검속이 두려워서 갑에게 자살하라고 권하였다. 갑이 흔연히 목숨을 끊어서 마을을 평안하게 했다. 몇 달이나 지난 뒤에 아전들이 이를 알고 두 마을의 죄를 따져 돈 3만 냥을 긁어갔다. 베 한 치, 낟알 한 톨도 남지 않았다. 그 지독함이 흉년보다도 더 심했다. 아전들이 돌아가는 날, 두 마을 사람들도 모두 떠나갔다. 한 부인이 사또에게 호소했더니 사또가, "네가 나가서 찾아보라"고 했다. (원주)

豺兮狼兮。
既取我犢、　　毋噬我羊。
笥既無襦、　　桃既無裳。
甕無餘醯、　　瓶無餘糧。
錡釜既奪、　　匕筋既攘。
匪盜匪寇、　　何爲不臧。
殺人者死、　　又誰戕兮。

엄마 잃은 오누이
有兒 一章 四十四句 _1810

오누이 둘이서 나란히 걸어가네
동생은 쌍상투 누이는 북상투[1)]
동생은 이제 겨우 말 배울 나이
누이는 다박머리 늘어뜨렸네
어미 잃고 울면서
갈림길에서 헤매이기에
붙잡고서 물어 보니
목이 메어 말 더듬네
"아버지 집 떠나자
어머닌 짝을 잃어
쌀독이 바닥난 채
사흘을 굶었어요
엄마가 나 껴안고 흐느껴 울어
눈물 콧물 두 뺨에 얼룩졌어요
어린 동생 울면서 젖 찾았지만
젖은 벌써 말라서 붙어 버렸죠

■
* 「엄마 잃은 오누이」는 흉년을 슬퍼한 시이다. 남편은 아내를 버리고, 어미는 자식을 버렸다. 일곱 살 난 계집아이가 동생을 데리고 길가에서 헤매며, 잃어버린 어미를 찾아 울고 있었다. (원주)
1) 《예기》에서 "사내는 쌍상투를 하고, 계집은 북상투를 한다(男角女羈)"라고 했다.

어머니 내 손 잡고
얘를 업고서
산골 마을 찾아다니며
구걸해다 먹였어요
어시장에 데리고 가선
엿도 얻어 먹였어요
이 길까지 데리고 와선
어미 사슴 새끼 품듯 안고 재웠어요
얘는 세상 모른 채 잠이 들었고
나까지 죽은 듯이 잠들었어요
깨고 나서 이리저리 찾아봤지만
엄만 벌써 여기에 없었답니다."
말하다가 울다가
눈물 콧물이 줄줄 흐르네
날 저물어 어두워지고
새들도 집 찾건만
외로운 두 오누이
찾아갈 집이 없어라
슬프구나 이 백성들
본성마저 잃었어라
지아비와 지어미가 사랑하지 못하고
어미도 제 자식 돌보지 않는구나

갑인년에 이 몸이
암행어사 되었을 때
고아를 보살펴 고생 없게 하라고
임금님 어지시게 분부하셨지
벼슬하는 사람들아
이 말 감히 어기지 마소

有兒雙行、　　一角一羈。
角者學語、　　羈者鬖垂。
失母而號、　　于彼叉岐。
執而問故、　　嗚咽言遲。
曰父旣流、　　母如羈雌。
甁之旣罄、　　三日不炊。
母與我泣、　　涕泗交頤。
兒啼索乳、　　乳則枯萎。
母携我手、　　及此乳兒。
適彼山村、　　丐而飼之。
携至水市、　　啖我以飴。
携至道越、　　抱兒如麕。
兒旣睡熟、　　我亦如尸。
旣覺而視、　　母不在斯。
且言且哭、　　涕泗漣洏。

日暮天黑、　　栖鳥群蜚。
二兒伶俜、　　無門可闚。
哀此下民、　　喪其天彝。
伉儷不愛、　　慈母不慈。
昔我持斧、　　歲在甲寅。
王眷遺孤、　　毋俾殿屎。
凡在司牧、　　毋敢有違。

용산촌의 아전
龍山吏 _1810

아전놈들 용산촌에 들이덮쳐서
소 뒤져 관리에게 넘겨 주어도
소 몰고 멀리 사라지는 걸
집집마다 문에 기대 보고만 있네
사또님 노여움만 막으려 하니
뉘라서 백성 고통 알아 줄 텐가
유월달에 쌀 찾아 바치라 하니
괴롭고 지치기가 수자리보다 더 심해라
기다리던 좋은 소식 끝끝내 오지 않고
만 목숨 서로 베고 죽을 판이네
가난스레 살자니 정말 슬퍼라
죽은 자가 오히려 팔자 편하네
며느리 홑몸 되어 남편 없으니
시아비 다 늙도록 손자 못 보네
끌려가는 소 바라보니 눈물이 솟아
줄줄 흘러내려 옷깃을 적시네
촌동네 형편이 이토록 찌들었건만
아전놈은 앉아서 왜 아니 돌아가나
쌀독도 바닥난 지 벌써 오랜데

∎
* 두시(杜詩)에 차운(次韻)하다. 경오년 6월. (원주)
  두보의 시 〈석호리(石壕吏)〉에 차운하였다.

무슨 수로 저녁밥 지으란 건가
그대로 앉은 채 산 목숨 끊게 하니
온 동네 이웃들 모두가 목이 메네
소 잡아 포를 떠서 고관댁에 바치면
아전들 출세길이 그날로 달라진다네

吏打龍山村、　　搜牛付官人。
驅牛遠遠去、　　家家倚門看。
勉塞官長怒、　　誰知細民苦。
六月索稻米、　　毒痡甚征戍。
德音竟不至、　　萬命相枕死。
窮生儘可哀、　　死者寧貸矣。
婦寡無良人、　　翁老無兒孫。
泫然望牛泣、　　淚落沾衣裙。
村色劇疲衰、　　吏坐胡不歸。
瓶甖久已罄、　　何能有夕炊。
坐令生理絶、　　四隣同嗚咽。
脯牛歸朱門、　　才謂以甄別。

파지촌의 아전
波池吏 _1810

아전놈들 파지촌에 들이덮치니
군대 점호 하는양 시끄러워라
병든 시체 굶주린 시체 뒤섞여 있고
농가엔 사내 하나 남지 않았네
고아·과부 옭아매라 호령하면서
잔등에 채찍질해 앞으로 내모네
개처럼 욕하고 닭처럼 몰아서
성문 앞까지 늘어 세웠네
그 가운데 가난한 선비가 있어
말라빠진 몸뚱이 더욱 외로와라
하늘을 우러러 죄 없다고 호소하니
구슬픈 그 소리 길게 이어지네
가슴속에 있는 말 다하지 못하고
걷잡지 못하게 눈물만 흐르네
아전놈들 성내며 완악하다고
매질에다 욕까지, 다른 사람 겁을 주네
높은 나무 가지 끝에 거꾸로 매달아
상투가 나무 뿌리에 닿게 했구나

∎
* 두보의 〈신안리(新安吏)〉에 차운하였다.

"송사리 같은 놈이 무서운 줄 모르다니
네가 감히 관청을 거역할 테냐
글을 읽어 그만한 것 다 알 만한데
임금님의 세금은 서울로 보내는 거야
늦여름 되기까지 봐주었으면
은혜가 족한 것을 알아야 하지
쌀 실을 배 포구에서 기다리는데
네 눈이 그렇게도 밝지 못하냐."
아전 위신 세울 날이 또 언제겠나
앞장 서서 날뛰는 자, 아전이라오

吏打波池坊、	喧呼如點兵。
疫鬼雜餓莩、	村墅無農丁。
催聲縛孤寡、	鞭背使前行。
驅叱如犬雞、	彌亘薄縣城。
中有一貧士、	瘠弱寔伶俜。
號天訴無辜、	哀怨有餘聲。
未敢敍衷臆、	但見涕縱橫。
吏怒謂其頑、	僇辱忦衆情。
倒懸高樹枝、	髮與樹根平。
鯫生瞀不畏、	敢爾逆上營。
讀書曾知義、	王稅輸王京。

饒爾到季夏、　念爾恩非輕。
峩舸滯浦口、　爾眼胡不明。
立威更何時、　指揮有公兄。

해남촌의 아전
海南吏 _1810

해남에서 나그네가 달려오는데
무서운 것 피해오는 길이라 하네
앉은 지 오래도록 가쁜 숨 멎지를 않고
두려운 기색이 아직도 남아 있네
승냥이를 만난 게 아니라면은
오랑캐 만난 게 분명한 사람일세
"세금 독촉 아전들이 마을에 들이닥쳐
이 구석 저 구석 마구 짓밟았다오
신관 사또 명령이 더욱 엄해서
정해진 기한을 넘길 수 없다고 했소
주교사(舟橋司)[1]의 만곡선(萬斛船)이
정월달에 서울 떠났다며
더 이상 시간 끌면 벼슬서 쫓겨날 테니
예전에 당한 일을 조심해야 된다 했소
시끄러운 온 동네 통곡 소리가
만곡선 사공들을 즐겁게 했다오

∎
* 두보의 〈동관리(潼關吏)〉에 차운하였다.
1) 지방에서 거둔 세미(稅米)를 서울로 운반하던 조선(漕船)을 책임 맡은 관청. 왕이 거동할 때 한강에 부교를 놓는 일도 맡았다.

나는 이제 호랑이 피해 왔지만
말라 죽을 동네 사람들 누가 구할까."
두 줄기 눈물이 비 오듯 쏟아지며
사무친 한숨 소리가 저절로 나네

客從海南來、 爲言避畏途。
坐久喘未定、 怖怯猶有餘。
若非値豺狼、 定是遭羌胡。
催租吏出村、 亂打東南隅。
新官令益嚴、 程限不得踰。
橋司萬斛船、 正月離王都。
滯船必黜官、 鑑戒在前車。
嗷嗷百家哭、 可以媚櫂夫。
吾今避猛虎、 誰復恤枯魚。
泫然雙淚垂、 倏然一嘯舒。

여름날의 시골

해배기 : 1818~1836

자신의 장사지낼 땅을 보다
觀己葬地 _1819

1
일도 많구나. 운도는 살아 있는 몸을 두고서
장지를 먼저 경영하여 죽기를 기다렸네
형체 맡겼던 이 세상서도 나를 잊어야 하거늘
뼈 묻는 뒷일을 어찌 남에게 맡기랴
이곳의 차가운 숲엔 매미가 허물을 벗는데
어느 산 묵은 풀에 도깨비불을 불어 내는가
궁한 집에 눈 감고 누우면 죽음이나 똑같으니
풍수가[1]를 찾아 소원 펴는 게 부끄럽구나

多事雲濤有此身、　　先營葬地待歸眞。
寓形斯世須忌我、　　埋骨他年豈與人。
是處寒林蟬脫殼、　　何山宿草鬼噓燐。
窮廬瞑臥同修夜、　　羞訪靑烏所願伸。

∎
1) 원문의 청오(靑烏)는 풍수(風水家)의 술(術)을 가리킨다. 진(晉)나라 곽박(郭璞)의 장서(葬書)에서 한(漢)나라 청오선생(靑烏先生)의 장경(葬經)을 많이 인용하였기 때문에 붙여진 이름이다.

농가의 여름
又次陸放翁農家夏詞 六首 _1828

2
생선이 지천이니 국도 생선국
논두렁엔 개구리들 시끄럽게 울어 대네
아침엔 외상 술값 달라 하더니
밤에는 김맨 삯을 달라 조르네
떨어진 오디들이 울 밑에 붉고
기다란 쑥대풀이 지붕 위에 푸른데
뱃놈의 여편네는 미운 짓만 하고 있으니
대낮 정자 위에 벌러덩 누웠구나

魚賤羹多乙、　　蛙繁習有丁。
酒賒朝更督、　　耘賃夜相經。
落葚籬根紫、　　驕蓬屋上靑。
生憎船者婦、　　淸晝臥松亭。

여름날의 시골
夏日田園雜興效范楊二家體 二十四首 _1831

5
누에친 뒤 뽕나무는 가지만 앙상타가
따고 남은 여린 뽕잎 고읍게 자라나네
이번 쳐서는 기껏해야 세금으로 다 바칠 테니
가을 누에 길러서나 한 해를 살아 보리라

蠶後桑枝竝蕩然。　　摘餘新葉始柔姸。
如今竭力輸身分、　　再作家私度一年。

22
어촌에선 옛부터 보리철이 한철이지
그물들은 이어져 큰 강을 가로막았네
금년에는 골짜기 물에 고기가 많다지만
좋은 고긴 모두들 깊은 못에 숨었다네

漁村自古麥黃天。　　密罟連環截大川。
總道今年饒峽水、　　好魚無數隱深淵。

흉년 든 강마을에 봄이 찾아와
荒年水村春詞 十首 _1833

3
번쩍번쩍 칼을 갈아 산 위로 올라가서
소나무 껍질 벗겨 한입 가득 먹는구나
묘지기가 입술 타도록 말린대도 소용없어
천 그루 소나무가 마릉[1]처럼 벗겨졌구나

磨刀霍霍上山墟。　　劚取松皮滿口茹。
塚戶脣焦那禁得、　　千株白立馬陵書。

7
뼈만 남아 여윈 소가 억지로 쟁기 끄니
채찍을 휘두른대도 깊이 갈지 못하네
느릅나무 그늘에서 소도 사람도 쉬었다 가며
날 저물 무렵 되어서야 밭 한 두둑 겨우 마쳤네

牛骨嶙峋強服犁。　　百鞭那得曳深泥。
楡陰放歇人俱歇、　　恰到殘陽了一畦。

---

1) 방연(龐涓)이 손빈(孫臏)의 계교에 속아 마릉에 이르니, 큰 나무를 깎아 흰바탕에 "방연이 이 나무 아래에서 죽으리라"고 씌어 있었다.

혼인한 지 벌써 예순 해가 되었기에
回卺詩 _1836

육십 평생 바람개비 세월이
눈앞을 스쳐 지나는데
무르익은 복숭아 봄빛이
마치 신혼 때 같아라
살아 헤어지고 죽어 나뉘며
인간의 늙음을 재촉하는데
슬픔은 짧고 즐거움이 긴 것도
다 나랏님의 은혜일세
우리가 주고받는 말소리
오늘 따라 더욱 즐겁고
그 옛날 입었던 무지개 무늬 배자엔
먹빛 아직도 남아 있어라
쪼개었다 다시 합한 표주박[1]
참으로 우리의 모습이니

∎
* 병신년 2월, 회혼(回婚) 사흘 전에 지었다. (원주)
 다산이 혼인한 날이 2월 22일인데, 사흘 전에 이 시를 짓고, 자손들이 잔치를 벌이기 위해 모인 2월 22일 아침에 세상을 떠났다.
1) '근(卺)'은 혼인 때에 신랑 신부가 술을 퍼서 교환하며 마시는 표주박이다. 혼례가 끝날 무렵 신랑과 신부가 차례로 절을 하고 나면 수모가 표주박 합근배(合卺杯)에 술을 따라서 신랑 신부 사이에 세 번 교환하여 마시게 한다. 매우 가난한 집에선 물을 따라서 마시기도 했다. 다시 서로 절을 하고 나면 혼례가 끝난다. 이 표주박을 안방 벽에 걸고 초심을 잊지 말자고 다짐한 부부가 많았다.

이 한쌍의 표주박을
자손들에게 남기리라

六十風輪轉眼翻。　穠桃春色似新婚。
生離死別催人老、　戚短歡長感主恩。
此夜蘭詞聲更好、　舊時霞帔墨猶痕。
剖而復合眞吾象、　留取雙瓢付子孫。

부록

다산의 시세계에 대하여
연보
原詩題目 찾아보기

다산의 시세계에 대하여

다산(茶山) 정약용(丁若鏞, 1762~1836)은 우리가 잘 아는 바와 같이 조선 후기 실학을 집대성한 위대한 학자이다. 어쩌면 우리가 다산을 단지 위대한 학자라고만 말하는 것은 적절하지 못한 표현일 수도 있다. 왜냐하면 그의 주된 관심은 단지 학문 그 자체에 있었다기보다는 당시의 피폐한 역사 현실을 바로잡는 데에 있었기 때문이다.

그래서 그는 당시 현실의 제문제를 올바로 인식하고, 해결하는 방안을 찾기 위하여 정치·경제·법률·농학·천문학·역사·문학 등과 같은 여러 분야에 걸쳐 치밀한 연구를 하였으며, 이러한 실천적 노력의 성과가 오늘날 《여유당전서(與猶堂全書)》로 전해 오고 있다. 다산의 경세치용의 포부와 구상을 담고 있는 이 문집 속에는 한문으로 씌어진 시가 2,500여 수 실려 있는데, 우리는 이를 통해 그가 단지 한 사람의 훌륭한 학자일 뿐만 아니라, 하나의 독특한 시세계를 갖고 있는 탁월한 시인이기도 하다는 사실을 확인할 수 있다.

다산이 삶을 영위하던 18C 말에서 19C 초에 이르는 시기는 조선 봉건사회가 해체되고 있던 시기로, 그의 말대로 "조그마한 것 하나 병들지 않은 것이 없는" 그런 혼란과 모순의 시대였다.

토지제도의 모순으로 빚어진 지주와 전호(佃戶)의 갈등, 삼정(三政)의 문란과 탐학한 관리들의 횡포, 노론 벌열층의 독점적인 전제정치, 신분제도의 모순과 과거제의 타락 등 봉건사회의 누적된 모습이 점차 노정되고 있었다. 다산은 모순된 현실의 제문제를 타개하기 위해 일표이서(一表二書)를 비롯한 여러 편의 글을 쓰고 있거니와, 그의 시편들에서도 당시의 현실이 적확하게 그려져 있어 그의 당시 사회에 대한 관심과 비판의식을 엿보게 한다. 이는 다산이 학자이자 시인이라는 사실을 확인시켜 주는 것이지만, 다산의 산문들이 그러하듯, 다산의 시에 대한 논의도 만만치가 않다.

이제 그의 시세계를 이해하기 위하여 그의 시에 대한 생각을 잠깐 살펴보기로 한다. 다산은 기본적으로 시를 이해함에 있어 『시경』의 시정신을 존중하여, 좋은 시를 쓰려면 먼저 높은 지기(志氣)를 가져야 한다고 믿었다. 그는 말하기를, "시란 언지(言志)이다. 지기가 본래 비굴하면 비록 맑고 고상한 언어를 억지로 써도 이치를 이루지 못하며, 지기가 본래 좁고 낮으면 아무리 광달한 언어를 억지로 써도 사정을 절실하게 그릴 수 없다"라고 하여, 뜻이 크고 높지 않으면 아무리 미사여구(美辭麗句)를 늘어 놓더라도 어떤 일의 진실을 그려내는 좋은 시가 될 수 없다고 믿었다. 참된 시는 단지 말재주나 손끝의 기교에서 나오는 것이 아니라 자기 내면세계에 많은 온축(蘊蓄)이 있는 다음에 나온다는 것이다. 한마디로 말하면 다산은, 시는 자기수양과 인격의 소산이라고 본 것 같다.

그래서 그는 시가 자기의 독백이나 감정의 분식이 되어서는 안되고, 민중의 고통과 시대의 아픔을 같이 나누는 그런 애국연민(愛國憐民)의 사상을 담아야 한다고 생각했다. 다산은, "임금을 사랑하고 나라를 걱정하지 않는 것은 시가 아니며, 어지러운 세상을 아파하고 퇴폐한 습속을 통분히 여기지 않는 것은 시가 아니며 진실을 찬미하고 허위를 풍자하며 선(善)을 드러내고 악(惡)을 징계하는 뜻이 없는 것은 시가 아니다"라고 했다.

이러한 그의 애국연민적 시관은 그의 시의 기본 정조(情調)를 이루고 있는 것으로 다산시의 성격을 방향지어 주고 있다.

다산의 시편들에 가장 많이 등장하는 것은 당시의 피폐한 현실세계와 봉건체계의 질곡 속에서 신음하고 있던 당시 농민들의 모습이다. 다산은 될 수 있으면 자기가 목도한 이러한 모습들을 있는 그대로 정확하게 묘사하려고 애썼다.

이러한 사실주의적인 경향을 보여주는 대표적인 작품들에는 1794년, 33세 되던 해에 경기도 암행어사의 명을 받아 적성촌사에 이르러 쓴 〈봉지염찰도적성촌사작(奉旨廉察到積城村舍作)〉, 흉년에 굶주린 백성들의 고통을 그려낸 〈기민시(飢民詩)〉, 탐학한 관리들을 승냥이와 이리에 비유한 〈시랑(豺狼)〉 등이 있다. 이런 면에서 다산은 동양의 시성(詩聖)으로 불리는 두보의 애국연민적인 시풍과 맥을 같이하고 있다고 할 수 있으며, 실제 시작에서 두보의 삼리(三吏)에 차운하여 〈용산리(龍山吏)〉,〈파지리(波池吏)〉,〈해남리(海南吏)〉 세 편을 짓기도 하였다.

그리고 〈장기농가(長鬐農歌)〉,〈탐진촌요(耽津村謠)〉,〈탐진어가(耽津漁歌)〉 등과 같은 시들에서는 이러한 사실적인 수법으로 농민과 어민들의 질박한 생활을 민요조로 흥겹게 노래하고 있다. 이 작품들은 전라도 강진에 귀양가 있을 때 그 이웃 지방의 농어민들의 모습을 담고 있는데, 우리가 여기서 특별히 주목해야 할 것은 보릿고개를 '맥령(麥嶺)'이라 한다든지, 높새바람을 '고조풍(高鳥風)', 아기를 '아가(兒哥)'로 쓰는 등 순수한 우리말 또는 지방색 짙은 방언을 대담하게 한자어로 만들어 쓰고 있다는 점이다. 이것은 물론 중국중심주의적인 세계관을 극복한 그의 민족주체의식의 발로에서 비롯된 것이겠지만 다산은 중국의 고사나 시구를 따 써야만 좋은 시가 된다고 믿는 속류시인들의 시작 태도를 비판하고 우리나라의 문헌과 역사적 사실에서 시료(詩料)를 찾아야 한다고 했다.

"근래 수십 년 이래 한가지 괴이한 논의가 있으니 이건 동방문학을 아주 배척하는 일이다. 여러 가지 우리나라의 옛 문헌이나 문집에는 손도 대지 않으려 하니 이거야말로 병통이 아니고 무엇이랴. 사대부 자제들이 우리나라의 옛 일들을 알지 못하고 선배들이 의논했던 것을 읽지 않는다면 설사 그 학문이 고금을 꿰뚫고 있다 해도 저절로 소홀하고 거친 것이 될 뿐이다."

우리나라의 역사책을 비롯한 옛 문헌이나 문집은 거들떠보지도 않고 맹목적으로 중국의 고사만을 인용하는 것은 큰 병통이고 비루한 문풍이라는 것이다. 그래서 다산은 시를 쓸 때에 중국의 고사나 시구를 인용하지 말고 아무쪼록 『삼국사기』, 『여지승람』, 『징비록』, 『연려실기술』 및 다른 우리나라 글들에서 사실을 뽑아 내고 그 지방의 특색을 고찰하여 시에 인용한 뒤에야 바야흐로 후세에 전해질 수 있는 훌륭한 시가 나온다고 했다. 그가 실제 시작에서 순수한 우리말이나 지방색 짙은 방언을 구사한 것은 이와 같은 주체적인 시정신에서 비롯된 것이거니와, 그는 "나는 조선인이므로 즐겨 조선시를 짓겠노라"는 선언을 하기도 하였다.

마지막으로 다산시에서 우리가 주목해야 할 사실은 그의 시가 철저히 그의 민본적 사상을 그 기저에 깔고 있다는 점이다. 당시의 사회를 민중적 이익과 복지라는 입장에서 개혁하고자 했던 다산은 시에서도 그런 사상을 여실히 드러내고 있다. 다음의 시는 〈느릅나무 숲을 거닐며(楡林晚步)〉라는 시인데, 오늘날 우리가 보아도 깨닫는 바가 많을 것이다.

    작지 짚고 시냇가 사립을 나와
    고운 모래 밟으며 천천히 걸어보니

온몸은 병들어 약할대로 약해지고
옷자락 바람결에 너울거리네.
어여쁜 풀 위에 햇빛 비치고
고요한 꽃 위에 봄이 깃드네.
사물이 변한대도 상관없어라.
이내 몸 있는 곳이 내 집인 것을

느릅나무 잎사귀 토한 듯 무성한데
우거진 녹음 아래 둘러앉은 촌사람들
파리한 꽃술에 벌들 다퉈 날아들고
따뜻한 숲속엔 사슴이 뿔 기르네
임금님 은혜로 목숨은 남았으나
촌노인들 내 모습 가여워하네.
나라 다스리는 방책을 알려거든
마땅히 들농부들께 물어야 할 일.

 이 시는 다산의 민본사상을 극명히 보여주고 있는 작품으로서, 근대의 민주적인 발상에 매우 접근해 있어 새로운 민중의 시대가 멀지 않았다는 것을 예언해 주고 있다 하겠다.
 이상에서 우리는 다산의 시세계에 대해 간단히 살펴보았다. 다산의 시가 위에서 살펴본 바와 같이 전반적으로 사실주의적인 지향을 보여주고 있다. 이것은 물론 조선 후기 문학의 도도한 흐름과 연맥되어 있는 것이지만, 다산은 당시의 현실을 있는 그대로 그리되 민족적이고 민중적인 차원까지 생각하면서 독자적인 하나의 시세계를 구축하였다는 데에 큰 의미가 있다고 하겠다.

 ― 김영(인하대학교 국어교육과 교수)

연보

- 1762년 6월 16일, 경기도 파주군 초부면 마현(馬峴·마재), 지금의 남양주시 조안면 능내리에서 정재원(丁載遠)의 네째 아들로 태어났다. 어머니는 고산 윤선도의 후손이다. 이해에 아버지가 어지러운 정계를 떠나 시골로 돌아가기를 결심하였으므로 어렸을 때의 자를 귀농(歸農)이라고 했다. 나중에 미용(美庸)·송보(頌甫)로 바꿨다. 관명을 약용(若鏞)이라고 했다.
- 1765년, 《천자문》을 배우기 시작했다.
- 1768년, 이 무렵에 지은 시가 전해진다. "작은 산이 큰 산을 가리었으니/ 멀고 가까움이 다르기 때문일세."(小山蔽大山, 遠近地不同.)
- 1770년 11월 9일, 어머니가 죽었다. 마마병의 여독으로\ 눈썹 위에 상처를 입어, 호를 삼미(三眉)라 하였다. 열 살 이전에 지었던 글들을 묶어서 《삼미집》이라고 했었다.
- 1771년, 관직을 물러나 집에 있게 된 아버지로부터 경서(經書)와 사서(史書)를 배웠다.
- 1776년 2월 22일, 승지 홍화보(洪和輔)의 딸과 결혼하였다. 아버지가 호조좌랑으로 복직되었으므로 서울로 이사갔다.
- 1777년, 매부 이승훈과 이가환을 통하여 성호(星湖) 이익(李瀷)의 유고를 얻어 읽고 그를 사숙하였다. 가을에 아버지의 임지인 화순으로 따라갔다.
- 1781년, 서울에서 과거를 치렀으나 떨어졌다. 7월에 딸을 낳았지만 닷새 만에 죽었다.
- 1782년, 서울 창동으로 집을 사서 이사하였다.
- 1783년 2월, 초시(初試) 합격. 4월에 회시(會試) 합격하여 생원이 되었다. 회현방에 이사하여 재산루(在山樓)에 거처하였다. 9월에 큰아들 학연(學淵)이 태어났다.
- 1784년 여름, 정조 임금께 《중용강의(中庸講義)》를 바쳤다. 형 약

현(若鉉)의 처남인 이벽(李檗)에게 천주교에 대한 얘기를 듣고 책 한 권을 보았다.
- 1786년 7월, 둘째 아들 학유(學游)가 태어났다.
- 1787년, 중희당(重熙堂)에 불려가서 정조 임금으로부터《병학통(兵學通)》을 하사받고, 아울러 "겸유장재 특사차서(兼有將才 特賜此書)"라는 교(教)를 받았다.
- 1789년, 문과에 갑과(甲科)로 급제하였다. 3월 초계문신(抄啓文臣), 5월에 종7품 부사정(副司正), 6월에 가주서(假注書)가 되었다. 겨울에 한강 배다리를 만드는 규제를 만들어 공을 세웠다.
- 1790년 2월, 정9품 예문관 검열이 되었다. 3월 8일, 벽파(僻派)의 탄핵으로 서산군 해미현에 유배되었다. 13일, 유배지에 이르렀지만 19일에 귀양이 풀렸다. 9월, 정6품 정언(正言)이 되고 이어서 정5품 사헌부 지평에 올랐다.
- 1791년 5월, 정언이 되고 10월에 다시 지평이 되었다. 겨울에《시경강의(詩經講義)》800여 조를 바쳐 정조 임금의 칭찬을 들었다.
- 1792년 3월, 홍문관 수찬이 되었다. 4월 9일, 아버지가 임지인 진주에서 죽었다. 겨울에 왕명을 받아 〈수원성제(水原城制)〉를 지어 바쳤다. 기중기 원리를 이용하여 총경비 10만 냥 중 4만 냥을 절약하였다.
- 1794년, 아버지의 상을 마쳤다. 7월에 정5품 성균관 직강(直講)이 되었다. 10월에 경기도 암행어사의 명을 받고 연천지방을 순찰하였다. 이때 목격한 비참하고 부패한 현실이 사회시를 짓게 된 계기가 되었다. 12월에 홍문관 부교리가 되었다.
- 1795년 1월, 정3품 동부승지에 오르고 2월에 병조참의가 되었다. 3월에 우부승지가 되었다. 「주문모신부사건」에 연좌되어 7월에 충청도 금정 찰방(종6품)으로 좌천되었다. 이때 성호유고(星湖遺稿)를 정리하였다.
- 1796년 10월, 규영부(奎瀛府) 교서(校書 : 5품에 해당)가 되었다.
- 1797년 윤6월, 천주학을 신봉한다는 죄로 종3품 황해도 곡산부사로 좌천되었다.
- 1799년 4월에 정3품 병조참지, 5월에 형조참의가 되었다. 6월에 노론벽파(老論僻派)의 무고에 대해 〈자명소(自明疏)〉를 올리고 사직하려 했다.

- 1800년 봄, 처자를 데리고 광주군 마재 시골집으로 내려갔다. 왕명으로 다시 올라왔지만 6월 28일에 정조임금이 승하하여 다시 시골로 내려갔다. 당호를 여유당(與猶堂)이라고 하였다.
- 1801년 2월 9일, 정원의 논계로 옥에 갇혔다. 3월, 경상도 장계로 유배되었다. 이때 둘째 형 약전(若銓)은 신지도로 유배되었고 세째형 약종(若鍾)은 감옥에서 죽었다. 10월에「황사영 백서사건」으로 다시 붙잡혀서 11월에 전라도 강진으로 귀양갔다.
- 1803년, 강진에서 석교(石橋)로 자하산(紫霞山)으로 옮겨 다녔다.
- 1805년 겨울, 큰아들 학연이 찾아왔기에, 보은산방(寶恩山房)에서《주역》·《예기》등을 가르쳤다.
- 1808년 봄에 강진군 만덕리 귤동에 있는 윤박(尹博)의 다산초암(茶山草庵)으로 옮겨 왔다.
- 1817년,《목민심서(牧民心書)》저술에 착수하였다.
- 1818년 봄,《목민심서》48권이 이뤄졌다. 8월에 이태순(李泰淳)의 상소로 귀양이 풀려서 다산을 떠났다. 9월 14일에 마재 고향집으로 돌아왔다.
- 1822년, 회갑을 맞아 스스로〈묘지명(墓誌銘)〉을 지었다. 글벗·제자들과 함께 금강산을 다녀왔다.
- 1827년 10월, 윤극배(尹克培)가 모함하는 상소를 올렸지만, 마침내 죄 없음이 드러났다.
- 1836년 2월 22일, 진시(辰時) 초에 마재 자택 정침에서 조용히 죽었다. 4월 1일, 여유당 뒷동산(지금의 남양주시 조안면 능내리)에 묻혔다.
- 1910년 7월 18일, 정2품 정헌대부 규장각 제학이 추증되었다. 시호를 문도공(文度公)이라 하였다.
- 1934-38년, 정인보·안재홍·김춘동이 교정한《여유당전서》76책이 신조선사에서 간행되었다.

原詩題目 찾아보기

游水鍾寺 … 15
春日陪季父乘舟赴漢陽 … 16
送外舅洪節度和輔謫雲山 … 17
外姑李淑夫人輓詞 … 18
次潭陽陪李都護寅爕丈飮 … 19
讀書東林寺 … 21
智異山僧歌示有一 … 23
賦得堂前紅梅 … 25
暮次光陽 … 26
豆卮津 … 27
矗石懷古 … 29
舞劍篇贈美人 … 30
倦遊 … 33
截虐詞示李醫 … 34
夏日苕川雜詩 … 35
冬日乘舟到渼陰得病入京 … 38
述志 二首 … 39
篙工歎 … 41
古意 … 42
國子監試放榜日志喜 … 45
到荷潭 … 46
紀行絶句 … 47
讀孫武子 … 48
題鄭石癡畵龍小障子 … 51
南瓜歎 … 52
秋日書懷 … 54
秋日春塘臺上謁退而有作 … 55
文兒生百日識喜 … 56
秋日門巖山莊雜詩 … 57
蚘珍詞七首贈內 … 58

正月十七日賜第熙政堂上謁退而有作 … 60
前篇纔下又命進詩令承旨吸金絲煙一團以爲限篇旣徹御批曰吸竹之頃操筆立書豈非奇才三倍畫 … 61
同徐李二僚應敎獻詩立蒙奇才之襃不勝愧恧爲示此篇 … 63
奉旨謫海美出都門作 … 64
在謫十日特蒙敎旨 … 65
憶汝行 … 66
詠水石絶句 … 68
鴑書有作奉示貞谷 … 69
博學 … 70
奉旨廉察到積城村舍作 … 71
飢民詩 … 74
歎貧 … 81
愁亦 … 82
醉歌行 … 83
題畵 五首 … 85
穉子 … 86
古詩 二十四首 … 87, 88, 89
有嚴旨出補金井道察訪晚渡銅雀津作 … 90
次平澤縣 … 92
自笑 … 93
擬古 二首 … 94
李周臣宅小集 … 95
秋夜竹欄小集每得一篇南皐爲余朗誦其聲淸切哀婉令人泣下要聞

199

其聲戱爲絕句意不在詩逶多蕪拙
本十九首今刪之錄 十首 … 96
竹欄菊花盛開同數子夜飮 … 98
不亦快哉行 二十首 … 99
笏谷行 呈遂安守 … 101
天慵子歌 … 103
和崔斯文游獵篇 … 108
入葛玄洞 … 109
宿平邱 … 110
菊花同徯父无咎竹欄宴集 … 112
晩出江皐 … 113
苦風 … 114
奉和季父韻 … 115
古意 … 116
卒哭日歸苕川 … 118
石隅別 … 121
沙坪別 … 123
荷潭別 … 125
鬐城雜詩 二十七首 … 126
古詩 二十七首 … 128, 130, 131
煙 … 132
夜 … 133
家憧歸 … 134
㮚子寄栗至 … 135
憶幼女 … 136
采葛 四章 章六句 … 137
長鬐農歌 十章 … 140
秋日憶舍兄 … 142
白雲 … 143
新年得家書 … 144
耽津村謠 二十首 … 145
耽津農歌 … 146
耽津漁歌 十章 … 147
哀絕陽 … 148
九日登寶恩山絕頂望牛耳島 … 150
夏日對酒 … 152

憂來 十二章 … 155
過野人村居 … 157
四月二十日學圃至 相別已八周矣 … 158
僧拔松行 … 159
貍奴行 … 162
采蒿 三章 章十六句 … 166
豺狼 三章 … 168
有兒 一章 四十四句 … 170
龍山吏 … 174
波池吏 … 176
海南吏 … 179
觀己葬地 … 183
又次陸放翁農家夏詞 六首 … 184
夏日田園雜興效范楊二家體 二十四首 … 185
荒年水村春詞 十首 … 186
回丞詩 … 187